하나님의
노크

하늘나라 춤꾼이 만난 하나님

하나님의 노크

살아계신 하나님께서는

오늘도 우리에게 말씀하신다

지혜도 주시고 믿음으로 구하는

모든 것을 채우시리라 확신한다

배에스더

밥북

현상국 목사 (거동교회)

지금까지 하나님께 울부짖으며 눈물로서 바라보며 살아왔던 사랑하는 아내가 하나님의 은혜 가운데 책을 출간하게 됨을 감사드립니다. 아내는 여러 가지의 중독 속에 빠져 죽음과 절망의 낭떠러지에 있었음에도 무릎 꿇고 하나님께 매달려 하나님의 고쳐주심을 바라며 지금까지 달려왔습니다. 그러다 보니 육신적으로 정신적으로 고통받고 힘들어하는 사람들을 온 마음으로 이해할 수 있습니다.

아내가 쓴 글을 통해 깊은 감명을 받았지만, 지나온 세월을 돌이켜 보면 더 많이 이해해주지 못한 마음에 미안함을 느낍니다. 사모의 노래에 '들에 핀 한 송이 작은 꽃처럼 아무도 모르게 숨어서 피어도 주님이 보시고 사랑하시기에 오늘도 주님께 찬양을 드립니다'란 사모님들의 고백이 있습니다. 누구도 알아주지 않는 지금의 이 길을 흔들림 없이 걸어올 수 있었던 것은 주님께서 아내의 삶을 인도하시고 은혜의 자리를 베풀어 주셨기 때문입니다. 자신에게 맡겨진 사명을 감당함에 있어 죽으면 죽으리라는 마음으로 모든 일에 최선을 다해 살아왔습니다.

이러한 아내를 귀하게 생각합니다. 이제 하나님의 때가 되어 아내를 통해 글을 쓰게 하셨고, 이를 통해 중독에 빠져 힘들어하는 사람들에게 힘이 되기를 바라시며, 이 글을 통해 절망과 낙심에 빠져 고통 가운데 있는 자들에게 위로가 되기를 원하십니다. 이 책이 영적으로나 육적으로나 도움을 받을 수 있게 하는 징검다리가 되기를 바랍니다.

고린도전서 15장 10절에 사도 바울의 고백처럼

'그러나 내가 나 된 것은 하나님의 은혜로 된 것이니.
내게 주신 그의 은혜가 헛되지 아니하여
내가 모든 사도보다 더 많이 수고하였으나 내가 한 것이 아니요.
오직 나와 함께 하신 하나님의 은혜로다.'

고린도전서 12장 9절의 말씀처럼

'나에게 이르시기를 내 은혜가 네게 족하도다.
이는 내 능력이 약한 데서 온전하여 짐이라 하신지라.
그러므로 도리어 크게 기뻐함으로 나의 여러 약한 것들에 대하여 자랑하리니. 이는 그리스도의 능력이 내게 머물게 하려 함이라.'

이를 의지하며 또 하나의 열매를 바라시는 하나님의 부르심 앞에 겸손히 순종하며 나아가는 아내를 위해 기도하며 축복합니다. 이 책을 통해 힘들어하는 사람들에게 힘이 되고 위로가 되기를 바랍니다.

추천사 ②

박성배 박사 (『내 인생을 다시 쓰는 책쓰기』 등 저자)

기도하면서 한줄 한줄 정성을 다해 쓴 이 책은 배에스더 사모님이 20대 초반부터 하나님께 드린 삶의 모든 여정과 헌신이 담겨있습니다. 성경 에스더 4:16절에서 아름다운 믿음으로 나라를 구한 믿음의 여인 에스더처럼, 배에스더 사모님의 삶의 여정은 "죽으면 죽으리라"고 고백하며 하나님께 영광을 돌린 에스더의 믿음과 같은 신실한 삶임을 알게 되었습니다. 원고를 읽으면서 중간중간 가슴 뭉클한 감동을 많이 느꼈습니다. 이 책을 읽는 독자 여러분에게 세 가지로 추천의 말씀을 드리고자 합니다.

첫째, 존귀한 하나님께 드린 믿음의 삶이 얼마나 아름답고 귀한지를 알게 합니다. 배에스더 사모님은 20대 초반부터 하나님께 삶을 드려 아름다운 믿음의 삶을 살아왔습니다. 다시 한 번 내 삶을 하나님께 헌신하고자 하시는 분들에게 이 책은 귀한 동기부여를 줄 것입니다.

두 번째, 치유의 은혜가 있는 책입니다. 세계적인 영성가 헨리 나우웬이 '상처받은 치유자'였던 것처럼, 배에스더 사모님은 모든 아픔을 몸으로 겪은 후에 '상처받은 치유자'로 다시 태어났습니다. 우리 시대는 마음이 아프고 상한 사람들이 너무 많습니다. 이 책을 읽는 가운데 많은 분이 치유의 은혜를 체험하실 수 있으리라 확신합니다.

세 번째, 하나님께 드린 생애를 하나님께서 얼마나 귀하게 쓰시는가를 알게 하는 책입니다. 이 책의 원고를 읽어보면서 앞으로 하나님께서 저자인 배에스더 사모님을 더 크고 존귀하게 사용하시리라는 믿음을 갖게 되었습니다. 독자 한 분 한 분도 배에스더 사모님처럼, 하나님께 존귀하게 사용 받는 믿음의 역사가 있으리라 믿습니다. 이 책을 쓰신 배에스더 사모님이 민족과 열방 가운데 사역의 지경이 넓어지고, 하나님께 큰 영광을 돌려드리기를 기원합니다.

추 천 사 ③

김수봉 목사 (기독교부흥운동협의회 대표회장, 성복중앙교회)

배에스더 사모님께서 책을 내신다고 해 그 내용이 많이 궁금했습니다. 순식간에 읽어 내려가면서 그 내용에 공감하며 때로는 감탄하기도 했습니다. 무엇보다 평소 사모님을 뵐 때마다 느꼈던 영혼의 순수함과 겸손함 그리고 사명에 대한 열정들을 책 속에서도 그대로 느낄 수 있어 감사했습니다.

사람이 이 세상에 살면서 남길 수 있는 유일한 흔적은 간증입니다. '호랑이는 죽어서 가죽을 남기고 사람은 죽어서 이름을 남긴다'는 속담이 있지만, 사람은 죽어 이름이 아니라 간증을 남겨야 한다고 생각합니다.

성경은 하나님을 신앙하는 사람들이 하나님을 증언하고 간증하는 말씀입니다. 그러므로 우리가 성경을 읽는다는 것은 그 신앙과 위인들의 간증에 참여하고 그 간증이 우리 자신의 간증이 되기를 바라는 것입니다.

책 제목 『하나님의 노크』에서 알 수 있듯이 하나님께서 노크하시며 시작되는 배에스더 사모님의 신앙과 삶 그리고 여러 사역은 아름다운 간증을 만들어 냈고, 우리에게 많은 것을 깨닫게 하고 하나님에 대해 생각하게 합니다.

특히 배에스더 사모님에게 주어진 사명이라는 목적이 앞으로 어떤 간증의 바다로 하나님께서 이끄시고 디자인하실지 기대되며 부흥회와 치유 사역을 하는 한 명의 목회자로서 본서를 기쁨으로 적극적으로 권합니다.

추천사 ④

김수옥 목사 (김포우리들교회)

한 권의 간증집을 읽고 마음에 깊은 여운(餘韻)이 남는 것은 그리 자주 있는 일이 아닙니다. 담백하고 솔직함으로 시종일관 이뤄지는 『하나님의 노크』라는 책은 뛰어난 문장력이 있는 것도 아니요, 지식을 일깨워주는 내용이 아님에도 손에서 놓을 수 없었습니다.

왜냐하면, 알 수 없는 일렁거림과 감동의 파장이 제 영혼에 파고들었기 때문입니다. 읽기를 마치고 아르키메데스가 목욕하던 중 외쳤던 '유레카' 같은 깨달음이 저에게도 터져 나왔습니다. 그것은 '이것이 복음이다!'라는 탄성이었습니다. 그렇습니다. 배에스더 사모님의 이야기는 복음에 대한 체험이요, 복음에 대한 해석이며 복음을 바로 전하고자 하는 열망입니다.

크리스천이라면 누구나 잘 알고 있는 복음의 핵심은 '예수께서 우리의 죄를 사하기 위하여 십자가에서 돌아가시고 죽은 자 가운데서 사흘 만에 살아나신 것'입니다. 이 복음의 내용이 저자의 삶에서 그대로 재현되었습니다.

어려서부터 신장이 좋지 않아 연약한 순(筍)과 같이 태어났고 한창 꿈

많던 20대 초반에는 만취한 남성에게 성폭력을 당하는 수치를 겪었습니다. 그로 인하여 식이장애, 알코올중독, 약물중독이라는 고난을 겪게 되었습니다.

이것도 모자라 끔찍한 교통사고로 인해 갈비뼈 15대, 뒷날개뼈 1대가 부러졌고 폐는 시꺼멓게 멍들었습니다. 살아날 가망이 전혀 없어 보이는 환경에서 저자는 복음의 능력을 믿었습니다. 죽은 자를 살리시는 하나님의 능력을 의지했기에 환한 미소를 지을 수 있었습니다.

믿음이 남다르게 좋으셨던 헌신적인 외할머니와 어머니의 애끓는 기도가 뒷받침되었음에도 어떻게 이런 일이 생길 수 있느냐 하소연하고 낙심하며 뒤로 물러설 수도 있었을 것입니다. 그러나 저자는 강하고 담대한 믿음의 소유자였습니다. 복음의 능력으로 이를 극복하였습니다.

복음을 체험하였고 죽음과 고난을 이겼기에 다른 사람들에게 확실한 복음을 전할 수 있는 말씀의 사역자가 되었습니다. 온 마음과 몸을 드려 하나님을 찬양하기 위해 몸 찬양 사역자로 세움을 받았습니다. 저자의 몸 찬양을 보고 있으면 알 수 없는 감동을 받았는데 그 이유를 이제야 알 것 같습니다. 그에게 복음이 흘러들었고 그 능력이 나타나고 있기 때문입니다.

배에스더 사모님은 많은 상처와 아픔을 겪었기에 이웃의 아픔을 알고 있습니다. 아파하는 자와 함께 울고 그들을 위하여 밤이 맞도록 기도하는 것을 게을리하지 않습니다. 그림 치유 사역과 동작 치유 사역자로 수많은 사람에게 고통에서 벗어나 새 삶을 안겨주는 귀한 사역을 지금도 감당하고 있습니다.

이 책은 쉬우면서 울림이 있습니다. 이해할 수 없는 고난에 휩싸여 방황하는 분들에게 분명한 해답을 제시하고 있습니다. 저자는 어둠을 뚫고 빛을 발견하였기에 다른 사람에게도 이를 전할 수 있다고 확신합니다.

추 천 사 ⑤

홍기섭 목사 (에덴반석교회)

배에스더 사모로부터 추천사를 부탁받았을 때 거룩한 부담감을 많이 느꼈습니다. 그러나 기도로 결정하신 것을 잘 알고 있기에 '알겠습니다'라고 답을 드렸습니다.

주일예배 일정을 마치고 읽기 시작한 한 권의 책이 마음을 사로잡았고 분명 성령의 기름 부으심과 기록하심이 처음부터 끝까지 함께함을 느꼈습니다.

배에스더 사모의 몸 찬양을 현장에서 여러 번 보았고 페이스북을 통하여 설교도 들어보곤 했습니다. 실제 예배현장에서 찬양 사역자와 몸 찬양 사역자들을 보면 안타까움에 걱정이 될 때가 많았습니다.

그런데 이번에 『하나님의 노크』를 읽으면서 보여줬던 몸 찬양과 설교의 은혜가 진실이었음을 알았습니다. 그래서 생동감 있는 아름다운 몸 찬양이었고 설교였음을 다시 한 번 깨닫는 큰 은혜를 받았습니다.

목회하는 제가 부끄럽고 여러 면에서 동기부여가 되었습니다.

'나의 가는 길을 오직 그가 아시나니 그가 나를 단련하신 후에는 내가

정금같이 나오리라.' (욥기 24:10)

배에스더 사모님의 수많은 고난 속에서 오직 정금이신 예수만을 찬양하고 높이는 몸 찬양 설교자가 되심을 격려하며 오는 세대에게 간증의 책으로 하나님께 영광 돌리게 되심을 진심으로 축하드립니다.

요즘 코로나로 알곡과 가라지가 분별 되었던 현시기에 독자들로 하여금 이 책을 통하여 소명과 사명의식에 큰 도전이 될 것을 기대하며 이 책을 추천드립니다.

목 차

Part 2

부름

Part 3

에스더 사모의 일기

Part 4

하나님이 노크하시다

Part 5

고통이 나를 날게 하다

Part 6

Part 7

프 롤 로 그

하나님께서 내게 노크하시다

전북대학교 일반대학원에서 무용학과(일반석사)를 졸업하고, 계약신학대학원대학교에서 MDiv(목회학석사)를 공부하면서 몸 찬양과 말씀의 깊이를 알게 되었다. 지금은 목회자의 사모, 몸 찬양 사역자, 말씀 사역자로서 하나님께 영광 돌리는 삶을 살아가고 있다.

특히 상한 마음을 만지시기 원하는 하나님의 마음을 깊이 체험했다. 상한 마음으로 심한 갈증을 느끼고 바닥을 치고 있을 때, 인격적인 하나님을 만났고 치유되었다. 나는 사모이면서 세 가지(식이장애, 급성 알코올중독, 약물중독)의 중독을 경험한 사람이다. 책 속에 이 모든 것을 드러내는 작업을 스스럼없이 하였다.

사람이라면 누구나 자신의 아름답고 행복한 모습을 드러내고 싶어 할 것이다. 그러나 하나님의 마음을 알기에 치부까지 드러내었다. 이런 나를 만지셨고 치유하셨고 지금은 여러 모양의 사역자로 하나님께서 쓰고 계신다.

하나님 말씀만이 우리를 치유하실 수 있다. 그러니 자신이 할 수 있는 영역 안에서 최선을 다해야 한다. 나는 치유 사역을 위해 '미술 심리 치료사'와 '무용 동작 치료사'가 되었다. 이러한 방법은 말씀을 모르는 수많은 사람에게도 적용되었다. 그 후 하나님께서는 자신의 백성을 구원으로 인도하셨다. 나는 지금 많이 행복하다. 이러한 행복은 깊은 수렁에서 건짐 받은 사람만이 알 수 있는 부분일 것이다.

이 책이 최대한 많은 사람들에게 읽히기를 소망한다. 나 같은 사람도 살아서 여전히 하나님께서 사용하신다. 각자 나름대로 재능을 주지 않은 사람은 한 명도 없다. 단지 지금 수렁에서 허덕이고 하나님의 노크 소리를 못 듣고 있을 뿐이다. 이제 더는 하나님을 밀어내지 않기를 소망한다. 하나님의 노크를 온전히 받아들여서 나머지의 인생은 적어도 하나님과 동행의 날들이길 기도한다.

날마다 하나님과의 만남이 필요하다. 하나님을 만나는 기도와 말씀의 자리에 있으면, 하나님의 때에 친히 치료하시고, 만지시는 하나님을 만날 수 있음을 확신한다. 오늘도 살아계신 하나님께만 영광을 올려드린다.

2022년 5월

배에스더

Part 1

신앙

하나님이 우리를 사랑하시는 사랑을 우리가 알고 믿었노니. 하나님은 사랑이시라. 사랑 안에 거하는 자는 하나님 안에 거하고 하나님도 그의 안에 거하느니라. 이로써 사랑이 우리에게 온전히 이루어진 것은 우리로 심판 날에 담대함을 가지게 하려 함이니. 주께서 그러하심과 같이 우리도 이 세상에서 그러하니라. 사랑 안에 두려움이 없고 온전한 사랑이 두려움을 내쫓나니. 두려움에는 형벌이 있음이라. 두려워하는 자는 사랑 안에서 온전히 이루지 못하였느니라.

요한일서 1:16-18

3대째 이어온 신앙

봄의 향기로움을 따라 조용히 다가오는 꽃 냄새, 봄이 오는 소리는 참 예쁘다. 오늘만큼은 좋아하는 친구들과 아침부터 놀고 싶었다.

"에스더 교회 가야지? 주일학교 선생님 오셨어~ 빨리 나오렴."

엄마가 교회에 가라고 깨우신다. 좀 더 자고 싶었고 푹 자고 일어나서 친구들과 총싸움하고 놀고 싶었다. 교회학교 선생님은 매주일 8시 50분이면 어김없이 우리 집 앞에서 나를 부르셨다. 교회 가는 것은 내겐 학교 가는 일처럼 당연한 일인데도 불구하고 기분 좋은 일만은 아니었다. 친구도 많고 놀기 좋아하였기에 일주일에 단 하루만이라도 신나게 놀고 싶은 것이 나의 희망이었다.

교회에 가자 찬양소리가 힘차게 들렸다. 나도 자리를 잡고 앉아서 목청껏 불렀다.

"나의 사랑하는 책, 비록 해어졌으나 어머니의 무릎 위에 앉아서 ~ 재미있게 듣던 말 그때 일을 지금도 내가 잊지 않고 기억합니다."

교회학교 선생님은 나를 아주 좋아해 주셨다. 율동도 잘하고 찬양도 잘한다고 늘 칭찬하셨던 기억이 난다. 학교에서도 큰 행사만 있으면 무용선생님께서 만드신 작품을 배워서 내가 조례 때 가르쳤었다.

친구들과는 군대 놀이를 즐겨 했다. 나는 늘 대장이었는데 나무를 나름 정교하게 잘 다듬어 총을 만들어서 총싸움하는 놀이가 제일 즐거웠다. 남자아이들도 함부로 건들지 못했다. 공부도 잘했고 무엇보다 담임 선생님이 부반장이었던 나를 믿어주셨고 어떠한 일이든 맡기셨다.

의리파였기에 남자든 여자든 친구가 많았다. 초등학교 때뿐만이 아니었다. 중학교 고등학교 때에도 활발해서 주변에 친구가 많았다. 남에게 지는 것을 싫어했기에 공부도 인간관계도 무용도 늘 최선을 다했다. 무용대회에서 상을 받는 날이면 어김없이 교장 선생님 앞에서 상을 받아서 친구들의 부러움을 사기도 했다.

특히 발레를 사랑했고 무용학원은 무슨 일이 있어도 결석하는 날이 없었다. 고등학교 3학년 때는 수업 끝나면 무용학원 갔다가 다시 학교로 가서 11시 넘어서까지 공부하고 집에 왔다. 이렇게 사는 내가 예쁘고 자랑스러웠다.

"여자가 무슨 무용학과야! 조용히 가정학과나 간호학과 나와서 좋은 곳으로 시집갈 생각을 해야지 무용학과는 절대 안 된다. 그리고 친척들과 사람들에게 내 딸이 딴따라 학과에 갔다는 말을 못한다!"

그 당시 아버지의 말이다. 소름 끼칠 정도로 단호했다. 그래도 몰래 무용학원을 계속 다녔다. 그 시대만 해도 어른들의 생각은 무지 보수적이었다. 살면서 늘 아버지가 동생과 비교했었고 정작 내가 하고 싶은 것은 무조건 막으시는 것을 이해할 수가 없었다. 왜 그렇게 내가 하는 일마다 반대하고 나서는지 화가 났다. 하지만 직업군인이셨던 아버지가 무서워서 말대꾸도 못 했다. 이런 상황은 어릴 때부터 잦았던 일이어서 그러려니 하면서도 힘들었다.

신앙이 남달랐던 엄마는 이럴수록 더 기도하며 교회 예배드리는 데 집중했다. 힘들고 어려운 일이 있을수록 엄마는 기도하셨고 예배드리는 것에 집중하셨다.

"에스더야 기도해 보자. 하나님께서 너의 길을 인도 하실 거야. 힘내렴."

따뜻한 엄마의 위로에 눈 녹듯이 분노는 사라졌다. 어느새 나도 엄마를 따라서 새벽예배를 나가기 시작했다. 고3 입시준비 때문에 스트레스가 심할 때도 새벽예배 드리고 학교 가는 것이 나에게 유일한 즐거움이었다.

'그래 맞아. 하나님께서 나를 사랑하신다고, 목사님 설교 가운데

말씀하셨으니 난 믿어!'

결국은 무용학과는 가지 못했지만, 그래도 하나님께서 나를 사랑하시는 것에는 변함이 없었다. 그렇게 엄마의 믿음을 은근히 좇아가고 있었다. 믿음을 유산으로 받은 지금도 하나님께서 말씀하시면 그대로 되리라 믿으며 살아가고 있다.

엄마 권사님의 뜨거운 기도

일을 행하시는 여호와, 그것을 만들어 성취하시는 여호와 그의 이름을 여호와라 하는 이가 이와 같이 이르시도다. 너는 내게 부르짖으라. 내가 네게 응답하겠고 네가 알지 못하는 크고 비밀한 일을 네게 보이리라.

예레미야 33:2-3

그렇다. 일을 행하시고 그것을 성취해 나가시는 하나님께 부르짖어야 한다. 엄마의 삶이 그랬다. 새벽예배 각종 모든 예배를 빠지시는 법이 없었다. 비가 오나 눈이 오나 바람이 불어도 심지어 자신의 몸이 아파서 누워 있어도 예배시간만큼은 어김없이 교회에 계셨다. 교회에서 부흥회를 하거나 세미나가 있으며 제일 먼저 설레는 마음으로 달려가셨다.

어떠한 힘든 일이 있어도 하나님께 가서 토설하는 기도를 올리셨고 예배를 통해 하나님의 깊은 치유를 경험하며 사셨다. 폭력적인 언행을 일삼으시는 아버지를 피해 교회에서 기도하는 것을 낙으로 삼으시는 것을 느꼈다.

아버지는 장교로 직업군인 출신이다. 뼛속 깊이 군대의식이 자리 잡은 분이시다. 사실 집에만 가면 군대인지 집인지를 구별하기가 힘들 정도였다. 군대에 무슨 일이 있어서 아버지가 집에 안 들어오시는 날이 정말 좋았다. 친구들을 집에 초대하여 밤새 대화의 꽃이 만발한 상태가 참 좋았다. 그러나 아버지가 계신 날에는 집안 분위기는 늘 조용해야 했다. 아버지의 비위를 맞추시는 엄마가 불쌍할 정도였다.

우리 집은 모든 것이 군대식이었다. 아침 식사는 7시 점심은 12시 저녁은 5시, 이러한 틀에서 벗어나면 아버지의 호통이 들려 왔다. 대학에 가서 성인이 된 나에게도 통금시간이 있었다. ○○대학교는 우리 집에서 버스로 한 시간 거리이기에 집에서 다녔다. 수업이 6시에 끝날 때도 있는데 7시까지는 집에 있어야 조용히 넘어갈 수가 있었다. 내가 대학생인지 초등학생인지 구분할 수 없을 정도였다. 그래도 아버지가 무서웠으니 그 말에 따랐다.

단 한 가지 마음대로 한 것이 있다면 대학은 무용과를 가지 못했지만, 꾸준히 무용을 하고 있었다는 것이다. 계속 무용학원에 다녔고 대학교를 졸업하면 대학원을 최대한 먼 곳으로 입학할 생각이었다.

“에스더 이번 주에 교회에서 부흥회가 있단다. 너 수업이 없는 날에는 부흥회에 참석하는 게 어때?”

“네.”

대답은 했지만, 왠지 싫었다. 이제 대학교 1학년인데 자유로워지고 싶었다. 그러나 엄마 말씀에 순종하기로 했다. 부흥회 첫날은 목사님의 설교가 너무 길어서 조금은 지루하기까지 했다. 이틀째 되던 저녁집회 때였다. 강사 목사님께서 설교 후 방언 기도하기를 권장하셨다. “주여” 크게 3번 부른 후에 다들 방언으로 기도하는 것이다. 나만 주위를 두리번거리며 누가 방언을 하고 누가 방언을 못 하는지를 파악하며 시간을 보내고 있었다. 조용히 묵상하고 있는 나에게 강사 목사님께서 다가오셨다.

“자매님 방언 못 하세요?”

“네.”

이렇게 물어보시더니 강사 목사님께서는 다른 곳으로 가셨다. 그런데 그때 스치고 지나가는 생각이 하나 있었다.

‘하나님께서 분명히 말씀으로 나를 사랑하신다고 하셨는데 왜 나는 저들처럼 방언을 못 할까?’

집회가 끝났다. 많은 사람이 집으로 돌아갔다. 엄마도 나에게 집으로 가자고 말했다. 그런 엄마에게 철야하겠다고 말하고 혼자 집으로 가게 했다. 새벽예배 때 만나기로 약속하고 나는 기도했다.

"하나님이 이곳에 계신 많은 성도님들은 다들 방언으로 기도하는 것 같은데 왜 나만 방언 기도를 못 하는 건가요? 나도 방언할 수 있게 해 주세요."

간절히 기도하고 또 기도했다. 그리고는 눈을 떴다. 십 분이 흘렀다. 기도를 오래 한 것 같은데 철야 하시는 몇몇 권사님들은 아직도 내가 알아들을 수 없는 말로 하나님께 기도하고 있었다. 조금씩 나는 화가 났다. 하나님께 거의 울부짖으며 방언을 달라고 기도했다. 몇 시간을 울었는지 모르겠다. 새벽예배 드리려고 많은 사람들이 오시고 불도 켜졌다. 얼마나 울었는지 눈물과 콧물이 범벅되어 있었다.

새벽기도 오신 엄마가 보시고는 빙그레 웃으시며 자리에 앉으셨다. 뭘 그리 잘못 살았는지 목사님께서 설교하시는 동안 회개하고 또 회개했다. 눈물을 너무 많이 흘려서 얼굴을 들 수가 없었다. 예배가 끝나고 불이 꺼졌다. 각자기도 시간에 들어갔다. 다들 나름대로 열심히 하나님을 찾으며 기도했다. 20평생 살아오면서 지은 죄는 그 날 모두 울며 기도한 듯하다. 계속 기도하며 울고 있는데 갑자기 혀가 꼬이기 시작했다.

'이건 뭐지? 내가 밤새 물도 안 마시고 부르짖어서 탈수 현상이 일어났나? 왜 자꾸 혀가 꼬이는 거지?'

그때였다. 알아듣지 못할 이상한 말로 하나님께 기도하기 시작했다. 이상하다. 기도를 멈추었다. 혀가 꼬이는 현상도 없어졌다. 그런데 또 기도하기 시작했다. 여전히 알아듣지 못하는 말들로 기도하고 있었다. 그때 '이것이 방언이구나'를 알 수 있을 만큼의 평온함과 자유함이 있었다.

이날은 엄마 옆에서 학교에 가지 않고 계속 부흥회를 참석했다. 누가 맛있는 것을 사준 것도 아니고 딱히 신나는 일도 없었는데 엄마랑 함께 부흥회에 참석하며 기도하는 시간이 맛있었다. 내심 강사 목사님이 빨리 통성기도를 시키시기만을 기대하고 있었다. 드디어 기도시간이 왔다. 나는 목청껏 방언으로 기도했다. 강사 목사님께서 내 옆으로 지나가시며 말했다.

"자매님 방언 받으셨군요."

이 한마디에 너무 감사해서 또 울었다. 얼마나 기도했는지 모르겠다. 깊은 밤을 지나고 있었다.

"하나님께서 에스더를 얼마나 사랑하는지를 이젠 너도 느꼈지?"

엄마가 웃으셨다. 방언을 못 할까 봐 집에 와서도 내방에서 계속 기도했다. 이렇게 밤이 지나 아침을 향하고 있었다.

엄마는 남편과 자식들을 위해 밤낮으로 기도하시는 분이셨다. 엄마의 부르짖음은 교회를 향해서 나라를 향해서 계속되었다. 신기했다. 내 기도는 거의 내 위주인데 말이다. 큰일이 생기면 교회 유아실에서 철야하며 기도하셨다. 밤새 기도하고 온 엄마는 피곤한 기색 없이 일상생활을 하셨다. 나도 엄마처럼 되고 싶었다.

천국에 계신 외할머니의 지극했던 에스더 사랑

비가 온다. 이렇게 비가 오는 날엔 교통사고 후유증으로 누워 있는 시간이 많다. 비가 하루 종일 내리는 이런 날엔 전을 부쳐 먹는 것이 최고인데 전은 천국에 계신 외할머니가 곧잘 부쳐 주셨다.

초등학교 때 비가 많이 오는 날엔, 외할머니가 우산을 들고 내가 나올 때까지 기다리고 계셨다. 청소하느라 늦은 시간에도 할머니는 나를 기다리고 계셨다. 이렇게 늦은 시간에도 우산 쓰고 나를 기다리시는 할머니가 좋았다. 다들 우산도 못 쓰고 뛰어가는데 나는 자랑스럽게 할머니가 가져다주신 우산을 쓰고, 그날 학교에서 일어난 일들을 말하기 바빴다. 할머니는 나를 많이 예뻐해 주셨다.

아주 어릴 때부터 나는 할머니 손잡고 어디든 갔었다. 할머니가 친척 집에 가도 꼭 나를 데리고 가셨다. 워낙 명랑하고 활발한 성격이어서 어딜 가도 금방 적응했다.

6살 때 일인듯하다. 친척 오빠들이랑 실컷 놀다가 길을 잃었다. 나는 할머니가 분명히 어떻게든 데리러 오리라 믿고 놀이터에서 혼자서 놀고 있었다. 저녁때가 다가오는데 할머니가 오지 않아 무서웠다. 울고 있는 나를 삼촌이 발견하여 집으로 데리고 갔다. 집에서는 내가 없어졌다고 난리가 난 모양이었다. 다들 얼굴이 새파랗게 굳어서 돌아온 나를 반기기보다는 한숨부터 쉬었다.

학교 갔다가 집에 돌아오면 늘 할머니가 미소를 흠뻑 머금고 나를 맞으셨다. 결혼 후 사모가 되어 힘겹게 살아갈 때도 할머니는 항상 내 곁에 계셨다. 딸을 낳고 계속 공부 중이던 나에게 친정은 오아시스와도 같은 존재였다. 엄마와 할머니가 번갈아 가며 딸을 지극 정성으로 길러 주셨다. 평범한 삶이었으면 그리하지 않아도 되었을 텐데 평범하게 사모의 사명을 감당한 내가 아니었기에 두 분의 사랑은 나에게 더욱더 지극했다. 결혼 후 식이장애가 더 심해져 건강도 안 좋았고 아이를 돌보기엔 터무니없이 부족한 가난한 전도사의 사례로 딸을 키울 수 있는 형편도 아니었다. 이 모든 부분을 친정에서 감당해 주셨으니 참 감사한 일이다.

외할머니가 나를 본격적으로 도우며 함께 했을 때는 둘째 아들을 낳고부터였다. 식이장애는 사모가 되면서 더 힘들게 찾아왔다. 이렇게 식이장애가 심한 내가 두 아이 모두 정상적으로 출산한 것을 보면 하나님의 은혜다.

남편과 말다툼을 하든가 교회에서 나를 힘들게 하는 성도들을 보면 스트레스 해소로 어김없이 많은 양의 음식을 먹었다. 일반인들이 생각할 수 없는 양의 음식을 마구 먹고 토하는 행동을 했다.

함께 해주는 할머니가 참 고마웠다. 먹고 토하는 시간만큼은 할머니가 모든 육아를 책임지셨다. 남자아이라서 힘들 텐데 할머니는 힘든 내색 한번 없이 우리 아이들을 정성껏 돌보아 주셨다. 남편은 남의 편이 확실하다. 나의 입장에서 이야기해준 적이 단 한 번도 없다. 자존심 강하고 흠이 있는 걸 결단코 용납하지 못하는 사람이다. 아이를 둘이나 낳았지만, 남편의 생각은 오로지 교회와 성도들이었다.

이럴 때 할머니는 나의 위로와 피난처가 되어 주셨다. 남편과 심하게 다툰 날은 어김없이 많은 양의 음식을 찾았다. 사택 주변에 있는 떡볶이 5인분, 순대 3인분, 많은 과자를 먹었다. 그리고 이러한 증상은 스트레스와 함께 늘어갔다. 목구멍이 찰 때까지 먹었다. 그리고는 화장실 변기에 손가락을 넣어 토해 내는 것이 어느덧 내 일상이 되었다. 이렇게 시간은 빠르게 흘렀다.

"폐암이라니요? 왜요? 왜 우리 할머니가 폐암이에요?"

시원한 가을바람과 함께 온 가장 아픈 소식이었다. 코로나로 인해서 대면 수업을 할 수 없어서 집에서 줌으로 MDiv(목회학 석사) 3학년에 있을 때 일이다. 졸업논문 쓰기 위해 자료를 찾고 있었다.

이미 많은 책은 노트북 옆에 산더미처럼 쌓여 있었다. 이런 중에 나는 할머니의 폐암 말기소식을 엄마에게 전해 듣고 곧장 친정으로 향했다. 눈물인지 빗물인지 알 수가 없었다.

"하나님 제발 할머니 살려 주세요. 고생만 하셨잖아요. 지금은 안돼요! 이제 겨우 제가 중독에서 벗어나서 자유롭게 살고 있는데, 제발 주님 제가 목사안수 받을 때까지만이라도 데려가지 마세요. 제발."

울부짖었다. 아니 토설의 기도에 가까웠고, 가슴이 미어질 듯한 아픔을 감출 수가 없었다. 제일 먼저 의사 선생님을 만났다.

"수술할 수 있는 나이는 아닙니다. 그리고 폐암이 오른쪽 폐를 다 덮고 있습니다. 이대로 살 수 있는 시간은 6개월에서 길어야 1년입니다."

의사 말이 끝나자마자 나는 그 자리에서 주저앉아서 울기 시작했다. 하나님께 매달렸다. 하나님은 내게 아무 말이 없으셨다.

그 다음 날 노트북 하나 들고 할머니가 사시는 진영으로 내려왔다. 줌으로 수업하고 있던 터라 상관없었다. 내가 수업한다고 창가에서 공부하고 있으면 엄마가 옆에서 할머니를 지켰다. ○○ 병원에 입원했는데 외할머니께서 집에 가자고 졸라서 집으로 모셨다. 오자마자 열은 계속 오르고 힘들어하셨다.

거동을 할 수 없는 외할머니는 기저귀에 몸을 맡길 수밖에 없었다. 워낙에 깔끔하시고 남의 도움을 받는 것을 부담스러워 하셨다.

할머니는 기저귀 갈 때 만 되면 나에게 "미안하다" 고 꼭 말씀하시고는 내게 몸을 맡기셨다. 사실 미안할 것이 하나도 없는데 말이다. 이렇게 말할수록 나는 가슴으로 울 수밖에 없었다.

시간이 지날수록 할머니의 병세는 심해지셨고 ○○ 병원으로 다시 입원하셨다. 그리고 다시 호스피스 병원으로 옮기셨다. 그때를 잊을 수가 없다. 할머니는 퇴원해서 집으로 가는 것으로 생각하셨던 것 같다. 호스피스 병원에 도착하시더니 그렇게 착하고 온순하신 할머니가 소리치고 우시는 것이다. 이렇게 할 수밖에 없는 나와 엄마는 가슴이 찢어졌다. 검소하게 사셨고 남에게 피해 주는 일을 한 번도 하지 않고 사신 분이셨다. 할머니의 '선망'은 시간이 갈수록 짙어만 갔다.

"에스더, 우리 이곳에 갇혀서 며칠을 있는 거야? 이곳에 우리 둘밖에 없어. 빨리 도망가자. 조금만 가면 우리 집이 있으니깐. 너도 숨겨 줄게. 너 돈 있으면 빌려주라. 내가 이곳에서 탈출하면 몇 배로 줄게. 빨리 택시 불러."

이럴 때마다 나는 가슴이 무너져 내렸다. 그리고는 말씀 읽어 드리고 찬양 부르고 기도했다. 이러기를 수도 없이 반복했다. 목회학 석사 마지막 학기 수업 들으랴 논문 쓰랴 할머니 돌보랴 지금 생각하면 하나님의 은혜였다.

어떤 날은 줌 수업 중에 나를 부르셨다. 기저귀에 실례하셨는데

워낙에 깔끔하신 분이셔서 그대로 있는 것이 불편한 모양이었다. 나는 줌에서 교수님께 잠시 말씀드리고 할머니의 기저귀를 갈아드리고 분을 발라드렸다. 그리고는 줌으로 계속 수업을 받았다.

어느 날은 또 수업 중인데 할머니가 부르셨다. 이번에 대변을 보신 것이다. 그날은 시험이 있던 터라 대충 기저귀 갈아드리고 화장실에 가서 손을 씻지 못하고 대변이 묻어 있는 손으로 타자를 쳤다. 시험이 끝난 후 내 상황을 보니 손과 노트북에는 할머니의 변이 묻어 있었고 병실 안에는 냄새가 진동했다. 그래도 좋았다. 할머니 마지막 육신의 장막을 벗을 때까지 내가 지키리라 마음먹었다.

어느 날, 할머니가 무지 고통스러운 표정으로 나를 지켜보고 계셨다. 내가 조금이라도 장소를 이동하면 계속 내가 가는 곳으로 시선을 향했다. 내가 걱정할까 봐 아픈 것을 계속 숨기시는 할머니를 보다 못해 간호사를 불렀다. 무표정한 얼굴로 간호사는 할머니에게 이름 모를 주사 한 대 놔주고 나갔다. 그 후 할머니는 주무시기 시작했다. 오래 주무시기에 써야 할 논문을 마무리했다. 그러나 걱정이 되었다.

"이렇게 계속 잠만 자고 일어나지 않으면 어떻게 하지?"

혼자 중얼거렸다. 한참 만에 할머니는 일어나셨다. 그리고는 내가 옆에 있는 것을 보고 안심하시고 또 눈을 감고 깊은 잠에 빠져드셨다.

지칠 대로 지쳤고 밥도 먹을 수 없을 정도로 목이 부어 있었다. 많이 피곤했다. 그날 아침 일찍 슈퍼에 가서 죽을 하나 샀다. 데워서 먹고는 고이 잠자고 있는 할머니에게 여전히 종알거렸다. 아무런 대답이 없었고 손을 잡아도 느끼지 못하는 것 같았다. 발을 주물러 드렸다. 그리고 뼈만 앙상하게 남으신 할머니의 팔도 주물렀다. 아무래도 이상했다. 간호사가 왔다.

"맥이 거의 안 잡히네요."

이게 무슨 말인지 몰라서 갸우뚱하는 나에게 요양보호사가 말했다.

"할머니 돌아가실 듯해요."

바로 내 눈앞에 있는 할머니가 죽는다고? 산소호흡기도 하고 있고 얼굴도 밝은데 엄마에게 전화했다. 엄마는 이미 호스피스 병원으로 오고 계시는 중이었다. 십 분 후에 의사가 왔다.

"○○○ 님 운명 하셨습니다."

"할머니 지금은 안 돼! 엄마가 오고 있어. 조금만 더 기다려."

흐느껴 울었다. 엄마는 그 후 1시간이 넘어서야 도착했다. 그날따라 이상하게 신호가 걸려서 택시가 서고 가기를 반복했다고 한다. 태어나서 처음으로 사랑하는 사람을 내가 보는 앞에서 천국으로 보내 드렸다. 해맑고 예쁜 모습으로 할머니는 2021년 2월 19일 오전 9시 15분경 천국입성을 하셨다.

변함없이 옆에서 응원해 주는 남편

“내가 사랑하는 여자는 내가 지켜요.”

얼마 전 자궁 두 곳 난소 혹 수술을 앞두고 남편 목사님이 한 말이다. ○○ 병원에서 암일지도 모른다는 소리에 우리 가족들은 이미 ‘혼비백산’이었다. 우리나라에서 제일 큰 병원에서 최종결과 혹이라고 나왔다. 그러나 모양새가 좋지 않으니 수술을 해야 한다고 했다. 혹도 세 개나 된다고 했다. 남편은 수술 전후 꼭 붙어 곁을 지켰다. 이 일로 남편 체중이 3킬로나 빠졌다.

신학을 하면서 남편을 만났다. 남편은 한 해 선배였다. 내가 어려움을 당하고 있으면 어디선가 나타나서 구해 주었다. 엄마가 보고 싶어서 집으로 내려가려는데 표가 없었다.

“배 전도사님 무슨 걱정이 있으세요?”

“집으로 내려갈 표를 사지 못했어요.”

현 전도사님(지금의 남편)은 발 빠르게 이곳저곳 수소문하더니 성남에서 마산으로 갈 수 있는 표를 마련해 주었다. 이뿐만이 아니다. 신학교에서 나에게 계속 프러포즈해오는 몇몇 전도사님들도 해결해 주었다. 마치 친오빠 같았다. 더 신기한 것은 같은 지역인 성남에서 교회는 다르지만, 둘 다 전도사로 사역하고 있었다는 것이다.

어느 따뜻한 토요일 저녁이었다. 우리 교회로 전화가 한 통 걸려왔다. 다른 전도사님도 있었는데 각자 할 일들에 푹 빠져서 전화 소리에는 신경도 쓰지 않았다.

"여보세요 ○○ 교회입니다. 여보세요? 여보세요?"

"저기 저는 현 전도사입니다. 지금 잠시 만날 수 있습니까? 할 말이 있습니다. ○○ 커피숍에서 기다리겠습니다."

왜 그러시는 거지? 내가 뭘 크게 잘못한 건가? 싶었다. 아무리 생각해도 이유를 몰랐다. 십분 일찍 간다고 생각하고 커피숍에 들어갔는데 현 전도사님은 벌써 와 있었다. 불안하고 초조한 맘으로 자리를 잡고 앉았다. 머뭇거리던 현 전도사님은 말을 시작했다.

"한 남자가 있었습니다. 그 남자는 우연히 한 여자를 알게 되었습니다. 시간이 지날수록 그 여자에게 마음이 끌렸습니다. 그 남자는 고등학교 때부터 배우자를 놓고 기도했는데 이제 만났습니다. 그 남자는 그 여자를 깊이 사랑하게 되었습니다. 그 남자가 바로 저입니다. 그리고 그 여자는 내 앞에 있습니다."

이건 또 뭐지? 오빠 같은 사람이라고 생각했었다. 찻잔을 들어 올리는 내 손은 이미 떨고 있었다. 어떤 말을 해야 할지 몰랐다. 그러나 나의 장점을 살렸다. 나는 정말 솔직한 사람이었다. 시간이 얼마나 흘렀을까? 내가 말을 시작했다.

"○○대학교 1학년 때 제게 큰 사고가 있었어요. 여자로서 아주 수치스러운 일을 당했지요. 도서관에서 밤늦게 공부하고 내려오는데 술이 잔뜩 취한 덩치 큰 어떤 남자가 나를 덮쳤어요. 그날 나는 성폭행을 당했고 상처 부위가 너무 깊어서 산부인과에 입원했었어요. 그 남자는 교도소에 갔다고 들었어요. 그리고 이 사건으로 말미암아 식이장애가 시작되었어요. 지금도 고치지 못하고 있지요. 이런 내가 누군가와 결혼한다는 것은 상상도 안 했어요."

속이 후련했다. 그렇지만 자존심도 상했다. 그리고 죽을 만큼 부끄러웠다. 굳이 그런 이야기를 숨김없이 한 나도 이해가 안 되었다. 그날 이후 학교에서 현 전도사님과 부딪히지 않기 위해 피해 다녔다. 이젠 모든 남자전도사님을 피해 다녀야겠다고 다짐했다. 강의실과 기숙사만 오고 갔다.

신경을 너무 많이 써서 그런 것인지 하루는 온몸이 쑤시고 아파서 일어날 수가 없었다. 당연히 강의실도 못 가고 약도 밥도 못 먹고 기숙사에 있었다. 그때 방으로 전화가 걸려왔다. 현 전도사님이었다. 걱정하는 목소리로 약을 지어왔으니 잠깐 내려와서 가지고 가라는 것이다. 내가 아프다는 소문이 학교에 다 퍼진 모양이다.

이런 식으로 현 전도사님은 내 주위를 맴돌았다.

신학교에서 동아리로 전도단에 가입해 있었다. 총무였기에 회장 남자전도사님과 의논해야 할 일들이 너무도 많았다. 캠퍼스에서 한참 전도단의 여름 수련회를 위해 이야기하고 있는데 현 전도사님이 내게로 달려왔다. 그리고는 내 손을 잡고 채플실로 데리고 가더니 기도하기 시작했다. 당황한 나와 우리 전도단 몇몇 전도사님들은 아무 말도 없었다.

어디를 가나 현 전도사님과 마주쳤다. 심지어 금요 철야 예배드리러 기도원을 갔던 곳도 우리 교회와 같은 기도원이었다. 하나님은 이렇게 우리 둘에게 역사 하셨는데 자꾸 밀어내기만 했다. 특별히 다른 남자전도사님과 이야기만 해도 현 전도사님이 나타났다.

한 주가 빨리 흘러간 어느 금요일, 교회로 왔다. 학교에서 일어난 일들은 다 잊고 교회에 있는 나만의 공간에서 내가 좋아하는 책들을 읽다가 어느새 잠이 들었다. 일어나 보니 아침 9시, 많이 피곤했던 모양이다. 잠시 후 교회로 전화 한 통이 걸려왔기에 내가 받았다. 현 전도사님이었다. 토요일 청년부예배 끝나고 잠시 보자는 것이다. 좋았다. 확실히 말하고 완전히 밀어낼 생각이었다.

"많이 생각했습니다. 배 전도사님의 아픔을 나의 사랑으로 덮겠습니다. 그리고 배 전도사님은 빨리 결혼해야 다른 전도사님들이 시험에 안 듭니다. 저랑 결혼해 주십시오."

예상 밖의 말들을 주고받는 날이었다. 이 일이 있고 난 뒤 우리는 가까워졌고 결혼을 전제로 사귀었다.

남편에게 가장 고마운 것은 지금까지 대학교 1학년 때의 사건을 단 한 번도 말하지 않고 살고 있다는 것이다. 그렇다고 결혼 후 행복한 날만 있었던 것도 아니다. 생각과 가치관 심지어 신앙관도 달랐던 우리는 자주 싸웠다. 별일 아닌 것부터 별일인 것까지 수없이 싸웠던 것 같다. 결혼 전 로맨틱한 사람은 없어지고 지극히 현실주의자인 남편이 되어 있었다. 하지만 지금은 서로의 사역과 가치관을 존중하고 배려하며 신뢰 속에 사랑이 익어가는 중이다.

천하보다 귀한 한 영혼

허리, 다리도 아프고 안 아픈 곳이 없다. 수술로 난소에 있던 두 군데 혹을 잘라내었고 왼쪽 난소 옆에 길게 늘어진 이상한 혹도 들어내는 수술을 했다. 수술 후 친정에서 몸조리를 잘했는데도 쉰 살이 훌쩍 넘어서 그런지 예전 같지 않다. 조금만 걸어도 숨이 차다. 그래도 뭐가 그리도 즐거운지 얼굴에는 웃음꽃이 만발하다. 마치 오늘도 하나님께서 바로 옆에서 불러 주시는 듯하다.

"내가 사랑하는 에스더~"

이미 알고 있었다. 말씀에도 기록되어 있는 것이지만, 외할머니를 천국에 보내드리면서 온몸으로 느낀 것이 있다. 한 영혼이 천하보다 귀하다는 사실이다. 말로만 한 영혼이 천하보다도 귀하다고 하는 것이 아닌 정말 행동으로 실천하며 예수님이 가신 길을 갈 것이다. 서정주 시인의 「국화 옆에서」라는 시가 있다. 내가 참 좋아하는 시이다.

국화 옆에서

한 송이 국화꽃을 피우기 위해
봄부터 소쩍새는
그렇게 울었나 보다

한 송이의 국화꽃을 피우기 위해
천둥은 먹구름 속에서
또 그렇게 울었나 보다

그립고 아쉬움에 가슴 조이던
머언 먼 젊음의 뒤안길에서
인제는 돌아와 거울 앞에 선
내 누님같이 생긴 꽃이여

노오란 네 꽃잎이 피려고
간밤에 무서리가 저리 내리고
내게는 잠도 오지 않았나 보다

이 시를 읽을 때마다 예수님의 마음을 느낄 수가 있다. 나를 구원하기 위해서 그리고 나의 죄를 깨끗하게 씻기시기 위해 십자가에서 모진 고통을 참아 내셔야만 했다. 얼마나 아프셨을까? 얼마나 외로우셨을까? 그런데도 예수님께서는 십자가를 지셨다.

한 영혼을 향한 사랑은 자기 아들, 독생자를 십자가에 죽게 해야만 했던 하나님의 마음을 이제는 조금 읽을 수가 있다. 나를 살리고 싶어 하셨던 하나님의 마음이 느껴졌다. 깊은 중독으로 고통당할 때도 하나님은 나와 함께 하셨다.

나는 사모이다. 그리고 말씀을 전하는 사람이다. 이런 내가 세 가지의 중독으로부터 자유함을 누릴 수 있고 몸 찬양을 만들어서 하나님께 올려드리는 사람이 되기까지 하나님의 사랑을 잊을 수가 없다. 20년 넘게 식이장애로 고생했고 급성 알코올중독으로 정신병원에 입원했으며 술을 끊으려고 먹었던 정신과 약으로 약물중독으로 살았던 나 같은 죄인을 살리신 하나님의 은혜야말로 감히 말로 다 표현할 수 없다.

사모가 되며 활발하고 명랑했던 성격은 모조리 중지되고 조신하고 뭐든 이해하는 사모의 삶으로 변해야 했다. 가면 쓰고 산 세월이다. 하루하루 살아가는 것이 결코 쉬운 일이 아니었다. 힘들었다. 사모가 된 후 홀로 있는 시간이 많았다. 그 시간을 기도와 말씀으로 채웠으면 얼마나 좋았을까? 안 좋은 기억과 상처들은 혼자의 시간에 날개를 달았다.

이것저것 안 좋았던 기억들이 찾아오면 너무도 당연하게 음식을 찾았다. 맛도 몰랐다. 그냥 목까지 음식이 차오를 때까지 먹고는 토해 내었다. 그런 행동 후 찾아오는 것은 죄책감이었다. 이렇게 살고 싶지 않은데 계속 수렁에서 나오지를 못했다. 식이를 안정시키는 약도 먹었으나 그때뿐이었다. 이런 중독적인 행동은 시간이 지날수록 깊어졌다.

그러다가 교회에 고기 비린내 없애기 위해 찬장 맨 위에 있던 소주를 마시게 되었다. 식이장애로 잠도 제대로 잘 수 없었는데 일주일 만에 잠을 잘 수 있었다. 너무 감사했다. 잠을 자고 식이가 안정되는 것이 참 좋았다. 그렇기에 밤마다 소주 반병을 먹고 잠을 잤다. 신기했다. 새벽예배도 잘 가고 일상생활에 오히려 활력을 찾았다.

'하나님께서 술을 금지한 내용은 성경에 없지 않은가? 적당히 마시고 잠 잘 자고 생활 잘하면 되는 거야.'

지금 생각하면 어처구니없는 생각이었다. 그러나 그땐 사막에서 오아시스를 만난 것 같은 기분이었다. 얼마 가지 못해서 이런저런 사고가 터졌다. 잠을 자기 위해 마셨던 술 반 병은 한 병이 됐고 이내 두 병은 마셔야 잠을 잘 수 있게 되었다. 이런 나를 지켜보는 것이 힘들었던 남편과 가족들의 마음은 이미 내 곁을 많이 떠나 있었다.

이때 큰 결심을 하고 알코올전문 병원에 입원했다. 며칠 후면 가족들이 다 알게 되지만 알리지 않고 입원한 것이다.

"행복하다. 이제 나는 사모가 아니야 나는 환자 배에스더야~"

너무 신났다. 새벽예배도 안 가도 되고 모든 예배를 억지로 안 드려도 되는 것이 가장 기뻤다. 집사님들, 권사님들 특히 장로님들의 눈치를 보지 않아도 되었다. 이곳은 내가 보고 싶은 책도 자유롭게 볼 수 있었고 병원 프로그램이 있어서 여러 가지 문화도 접할 수 있었다. 한 가지 안 좋은 점은 밖을 나갈 수 없었고 가족면회가 있어서 그때만 가족들을 볼 수가 있단 것뿐이다.

혼자만의 생활이었다. 물론 같은 병을 앓고 있는 환우들과의 부딪힘은 있었지만 정말 좋았다. 마음 맞는 환우들과 이야기하면 비슷한 부분도 많았고 공감할 수 있는 이야깃거리들이 참 많았다. 이렇게 시간 가는 줄 모르고 지내다가 거의 입원한 지 3달이 다가오는 날 퇴원이 결정됐고 또다시 가면 쓴 사모의 자리로 돌아왔다. 불면증은 또 시작되었다.

"이렇게 살아서 뭐해 차라리 죽자, 나 하나 죽는다고 뭐 달라지는 것이 있겠어? 오히려 다들 좋아할 거야."

죽기로 마음먹은 날 나는 소주 두 병과 커터칼을 준비해 두고 나름 기도를 한 후 소주 두 병을 다 마셨다. 지금도 이해가 안 가는 것은 자살하려는데 기도는 왜 한 걸까? 그리고는 세상에 미련 하나 없다며 눈물 흘리며 칼로 손목을 그었다. 얼마나 시간이 흘렀을까. 나는 살아있었고 병원에서 안정을 취하고 있었다. 손목은 누가 꿰매었는지 예쁘게 꿰매고 반창고를 붙여 두었다.

"내가 살아있네. 왜 나는 죽는 것도 안 되는 거지? 하나님 내게 왜 그러시는 거예요?"

어처구니없는 말들을 혼자 중얼거렸다. 훗날 '상한 감정의 치유 사역자'가 되고 알게 된 것이지만 이런 나를 보며 하나님은 얼마나 가슴 아파하였을지를 생각하면 지금도 눈물이 고인다.

하나님은 한 영혼을 지극히도 사랑하신다. 나만 고치시는 것이 아니다. 지금 이 책을 읽고 있는 많은 분을 하나님께서 만지시고 싶어 하신다. 말씀과 기도에 늘 깨어 있다면 하나님의 음성은 빨리 들을 수가 있을 것이다. 지금 생각하면 은혜였다. 모든 것이 하나님의 은혜, 지금의 내가 있는 것과 사역하는 것은 오직 하나님의 은혜이다.

합력해서 선을 이루시는 하나님

이와 같이 성령도 우리의 연약함을 도우시나니, 우리는 마땅히 기도할 바를 알지 못하나 오직 성령이 말할 수 없는 탄식으로 우리를 위하여 친히 간구하시느니라. 마음을 살피시는 이가 성령의 생각을 아시나니, 이는 성령이 하나님의 뜻대로 성도를 위하여 간구하심이니라. 우리가 알거니와 하나님을 사랑하는 자, 곧 그의 뜻대로 부르심을 입은 자들에게는 모든 것이 합력하여 선을 이루느니라.

로마서 8:26-28

정신과에서 밤에 잘 수 있도록 약을 지어주었고 약을 먹으면서 술을 먹지 않게 되었다. 그런데 수면제 계통의 약을 계속 먹다 보니 수면제에 대한 집착이 시작되었다. 수면제가 없으면 잠을 잘 수 없다는 강박 관념이 사로잡게 되었다. 설상가상이라고 했던가? 술을 끊기 위해 먹었던 수면제가 중독증상을 일으킨 것이다.

어디를 가든 약을 챙기는 버릇은 습관이 되었다. 시댁과 친정을 가더라도 약을 안 챙겨 가는 날엔 어김없이 하룻밤도 못 자고 그냥 집으로 와서 약을 먹어야 했다. 이제 우울하고 불안하면 술이 아니라 약이었다.

수면제는 저녁에만 먹어야 하는데 스트레스가 많은 날에는 아침부터 먹어서 약에 취해서 삶을 살았다. 가정에서 교회에서 등등 스트레스가 올라올 것 같으면 무조건 약을 먹고 잤다. 이렇게 생활한 지 거의 1년쯤 되니 어느새 약물중독이란 병과 마주하게 되었다. 이후 병원에서 약을 잘 지어주지 않았다.

"배에스더 씨 저녁에 먹는 약은 저녁에만 먹어야지요! 저녁 약만 지어 드렸잖아요. 아침, 점심, 저녁에 계속 드시면 어떡해요? 당분간 약을 줄 수 없습니다."

청천벽력과는 같은 소리였다. 약을 먹어야 겨우 잠을 자는 사람에게 약을 안 준다고 하니 불안하기 시작했다. 약국에서도 수면제 계통의 약을 살 수는 있었다. 그런데 문제는 약을 먹고도 잠이 안 왔다. 알고 보니 병원에서 처방해 주는 약과 약국에서 파는 약은 달랐다.

불안했다. 죽음의 공포가 밀려왔다. 이때 다시금 찾아온 것이 식이장애였다. 먹고 토하고를 반복하면 에너지 소비가 많아서 잠을 잘 수 있다는 것을 이미 알고 있었다. 식이장애가 치료된 듯하였는데 틈을 엿보고 다시 불청객처럼 찾아왔다.

그렇다고 예전처럼 하루 종일 먹고 토하지는 않았다. 입시학원에 다니며 아이들을 가르쳤던 터라 그 시간대를 피해서 식이장애는 찾아왔다. 몸무게는 금세 찌고 빠지기를 반복했다. 얼굴은 많이 부었고 많이 먹고 토한 날에는 밖에 나갈 수가 없었다. 너무 부어 있는 내 얼굴을 사람들이 보는 게 싫었다. 어디선가 찬양소리가 들렸다.

왜 나만 겪는 고난이냐고 불평하지 마세요
고난의 뒤편에 있는
주님이 주실 축복
미리 보면서 감사하세요
너무 견디기 힘든 지금 이 순간에도
주님이 일하고 계시잖아요
남들은 지쳐 앉아있을지라도
당신만은 일어서세요

그때는 〈왜 나만 겪는 고난이냐고〉 복음송이 제일 싫었다. '미리 보고 감사하란 말이야? 지금 내 상황에서 어떻게? 주님이 일하고 계시는 게 맞아?' 금식하며 작정 기도하며 부르짖고 기도하던 나는 없었다. 불평으로 가득 찬 내 모습이 한없이 싫었다. 중독으로 말미암아 내 삶은 한없이 무너지고 있었다. 그때 걸려온 한 통의 전화가 있었다.

"에스더 너는 할 수 있어. 하나님이 너를 얼마나 사랑하고 계시는데. 이제 거의 다 왔어. 너에게 좋은 일만 있을 거야."

엄마의 말이며 기도하는 사람의 말이다. 엄마가 말한 것처럼 되길 간절히 원했다. 부닥친 상황과 현실은 달랐지만, 엄마의 말은 항상 내게 큰 힘이 되었다. '그래 맞아 하나님은 나를 얼마나 사랑하시는데, 반드시 승리할 수 있어!' 믿음으로 고백 후 약을 끊기로 마음먹었다.

정신과 약을 한 알도 먹지 않고 3일째 되는 날이었다. 3일 동안 잠을 자지 못한 내 얼굴은 마치 해골 같았다. 잠을 자지 못하니 먹지도 못했다. 온몸의 감각은 예민해졌고 힘은 하나도 없었다. 누워 있는데 이상한 경험들을 했다. 극심한 금단현상이 나타났다.

그날도 계속 잠을 못 잤다. 힘이 없어서 누워 있었다. 그런데 갑자기 숨이 막혀오고 천장이 나에게로 향해서 떨어질 듯한 공포에 시달렸다. 거의 1시간에 한 번씩은 이런 느낌이 왔다. 그리고는 온몸이 가렵고 화끈거려서 하루에 샤워를 10번도 넘게 했다. 그럴수록 기도하고 외쳤다.

"나사렛 예수 그리스도의 이름으로 명한다. 잠 못 자게 하는 더러운 귀신은 떠나갈지어다!"

사택이 떠나갈 정도의 큰소리로 외쳤다. 이러기를 반복하며 일 주일이 지났다. 신기했다. 내가 잠을 자는 것이다.

모든 것은 하나님의 섭리 가운데 있다. 하나님은 사랑이시다. 전지전능하신 분이시다. 그분이 마음만 먹으면 지금 당장 말기 암 환자를 살리실 수도 있다. 다만 그분의 때에 합력하여 선을 이루시기를 원하고 계신다. '살아계신 하나님이 나의 아버지인데 약물중독 쯤이야!' 하나님께서는 일하셨다. 그리고 가장 선한 방법으로 인도해 주셨다.

에스더를 닮은 믿음의 여인

성경 속에 에스더는 아하수에로왕 때 왕비가 된 인물이다. 유대민족의 대적자인 하만이 나쁜 계획을 꾸며서 모르드게와 유대민족을 죽이려 할 때 에스더는 하나님께 금식 기도를 드린 후 '죽으면 죽으리라'는 각오로 왕 앞에 나아가서 자기 민족을 살렸다. 내 이름도 에스더다. 성경에 나오는 에스더처럼 살고 싶다.

"여보 배수련 이름은 좋은데 사람들은 수련 꽃이 생각 난데요. 또 '비구니'냐고 물어봐서 정말 싫어요."

이렇게 해서 '배수련'에서 '배에스더'로 개명하게 되었다. 개명사유를 정확하게 기입해야 하는데 나는 쓸 내용이 너무도 많았다. 어릴 때 별명이 '수련회'였던 것부터 목사의 아내에게 '비구니'라고 부르는 것에 대한 분노가 은근히 깊었다. '비구니'를 사전에서 보면 '출가하여 승려가 지켜야 할 348가지 구족계를 받은 여자 승려'라고 적혀있었다.

며칠 뒤에 바로 개명 통보가 왔다. 나는 정식으로 '배에스더'라는 이름을 갖게 되었고 주민등록증과 운전면허증에도 모두 새 이름으로 바꾸었다. 그래서일까? 정말 무슨 일에도 '죽으면 죽으리라' 임하는 나를 발견했다. 사실 천성이 그랬다. 하나님께서 나를 만드실 때 최선을 다하며 사는 사람으로 만드셨다.

"배에스더."

내 이름이다. 이름값 하려고 더 열심히 살았다. 중독에 빠져 있었을 때도 최선을 다해서 이겨내려 애를 썼다. 사람들이 몰라준다 해도 괜찮았다. 하나님께서 진실한 마음을 알기 때문이다.

세상을 살아갈 때 가장 힘들어하는 부분이 인간관계인 것 같다. 사모였기에 더 그랬다. 교회 다닌다고 해서 모두가 구원받는 것은 아니다. 알곡과 가라지는 하나님께서 반드시 가려내실 것이다. 그래서 성경에 기록되어 있다.

> 그러므로 나의 사랑하는 자들아 너희가 나 있을 때뿐 아니라 더욱 지금 나 없을 때에도 항상 복종하여 두렵고 떨림으로 구원을 이루라.
>
> 빌립보서 2:13

그렇다. 두렵고 떨림으로 이 세상을 살아가야 한다. '죽으면 죽으리라' 죄와 타협하지 아니하고 하나님께서 기뻐하시는 산제사로 영광 돌려드리며 살아가길 소망해 본다. 예수님의 십자가 사건이 없었으며 나는 지금 존재할 수 없다. 존재한다고 해도 그 삶은 지옥과도 같았을 것이다.

성경을 보면 에스더의 사촌 모르드게는 하만이 꾸민 음모를 알게 되었고 에스더에게 말한다. 그 당시 법은 아무리 왕후라고 하여도 왕이 부르지 않았는데 왕께 나아가는 행동은 죽임을 당하는 일이다. 그러나 모르드게는 에스더가 왕후가 된 것은 이때를 위한 것이라고 말하게 되고 에스더는 결심하게 된다. 수산성 안에 있는 모든 유대인이 자신을 위해서 금식할 것을 요청하고 자신도 금식한다. 그 후 에스더는 '죽으면 죽으리라'는 마음으로 왕 앞에 나아가는 모습이 나온다. 이러한 결단은 아무나 할 수 없다. 에스더이기에 할 수 있었다.

에스더의 이러한 결단이 어디서부터 나오는 것일까? 아마도 에스더는 왕후였지만 항상 하나님께 기도하는 시간을 가졌을 것이다. 어떠한 일이 있어도 흔들림 없이 하나님께 구하고 모르드게와 같은 영에 속한 사람과 이야기하며 하나님의 뜻을 구했다. 그렇다. 기도하는 사람만이 하나님께서 하시는 일들을 바라보며 소망을 품을 수 있을 것이다.

개명 후 전화가 왔다. ○○ 보험회사였다.

"배수련 씨 이번 달 보험료가 납부되지 않아서 연락 드렸습니다."

"아 네~ 근데 저는 배수련이 아니라 배에스더입니다."

보험사 직원과 자초지종을 알려 드렸다. 친한 사이도 아닌 보험회사 직원이랑 한참을 이야기하며 웃었던 것이 기억난다. 30년을 불러온 이름인데 쉽게 바꾸어서 이름을 부른다는 것은 쉬운 일만은 아니었을 것이다. 그러나 지금은 배에스더로 살고 있다. 성경에 에스더처럼 나라는 못 구했어도 깊은 상처로 깊은 중독으로 죽어가는 영혼들을 가슴에 품고 살아갈 힘이 생겼다. 이 힘은 하나님께서 주신 것이기에 감사하며 사명을 감당하리라 다짐해 본다.

Part 2

부름

내가 붙드는 나의 종, 나의 마음에 기뻐하는 자 곧 내가 택한 사람을 보라. 내가 나의 영을 그에게 주었은즉 그가 이방에 정의를 베풀리라. 그는 외치지 아니하며 목소리를 높이지 아니하며 그 소리를 거리에 들리게 하지 아니하며 상한 갈대를 꺾지 아니하며 꺼져가는 등불을 끄지 아니하고 진실로 정의를 행할 것이며 그는 쇠하지 아니하며 낙담하지 아니하고 진실로 정의를 시행할 것이며 그는 쇠하지 아니하며 낙담하지 아니하고 세상의 정의를 세우기에 이르리니 섬들이 그 교훈을 앙망하리라.

이사야 42:1-4

목사 사모로의 부름

"하나님 제가 신학을 하는 이유는 오직 주님께 영광 돌리며 살겠다는 일사각오인 거 아시죠?"

신학교를 가야겠다고 마음먹었다. 이미 세상의 것에 소망이 없음을 인정한 것이다. 일반대학교 1학년 때, 큰 아픔을 경험한 시기였다. 한 가지도 아닌 세 가지의 사건이 다가왔다. 이 사건은 너무 아팠다. 평생 힘들게 살게 한 일들이기도 하다.

대학교를 무용학과를 가지 못한 것이 억울했다. 그래서 아버지 몰래 무용학원에 다녔다. 무용은 이미 내 삶이었다. 대회를 앞두고 연습에 몰입했다. 하지만 발목이 며칠 전부터 좋지 않아 병원에 갔다. 의사 선생님은 이번 공연은 하지 말라고 권하며 치료를 받은 후 하라고 하셨다.

주인공을 맡은 나에게 그 말이 들릴 리가 없었고 죽으라고 연습했다. 마지막 연습하는 날, '아티튀드'(발레에서 한쪽 다리로 중심을 잡고 다른 쪽 다리의 무릎을 약간 구부려 뒤로 올리는 동작이다) 동작을 한 후, 턴 하다가 오른쪽 발목에서 '툭' 하는 소리와 함께 그 자리에서 주저앉고 말았다. 이후 급하게 병원을 찾았다.

"분명히 이번 공연은 하지 말라고 했지요? 아킬레스건이 이렇게까지 손상된 것은 보기 드문 일입니다. 앞으로 발레는 하면 안 됩니다. 계속하면 오른쪽 발목은 사용할 수 없을 수도 있습니다."

이날 소리 내어 한참을 울었던 것으로 기억한다. 물론 공연도 다른 무용수가 주연이 되어 올려졌다. 이때부터였다. 무엇을 먹어도 무엇을 해도 기운이 없었다. 무용학원도 당분간은 가지 않았다.

중간고사 기간이었던 것으로 기억한다. 무용을 할 수 없으니 학업에 몰두하기로 했다. 부모님께 허락받고 도서관에서 늦게까지 공부하다가 집으로 가는 도중이었다.

"살려 주세요. 누구 없어요. 제발요!"

소리쳤다. 그때만 해도 삐삐도 없었고 핸드폰도 없던 시대였다. 만취된 한 남자가 덮쳤고 그날 나는 순결을 잃었다. 손상 부위가 너무 심해서 산부인과에 입원하게 되었다. 퇴원을 앞두고 산부인과 의사는 부모님께 말씀하셨다.

"이대로 집에 데리고 가시면 충격이 너무도 커서 큰일이 생길 수도 있을 것 같습니다. 당분과 정신과에 입원을 시키는 게 좋겠습니다."

의사 선생님 말씀이 맞았다. 그때 나를 그대로 집으로 데리고 갔으면 미쳤을 것이다. 그런데 사실 3개월 정신병원에서의 생활은 기억나는 것이 거의 없다. 푹 자고 퇴원했던 기억뿐이다.

정신병원 퇴원 후 찾아온 것은 식이장애였다. 부끄러워서 어디도 나갈 수가 없었다. '더러운 년'이라고 사람들이 손가락질할 것만 같았다. 두려움이 밀려오면 음식을 마구 먹었다. 그리고 손가락을 넣어 토해 내는 행동을 반복했다. 이런 나를 따뜻하게 대해준 사람은 엄마와 이제는 천국에 계신 외할머니였다.

더러운 사람이 할 수 있는 일은 오직 먹고 토해서 속을 비우는 일이다. 속이 비워지면 시원했다. 조금은 살 것 같았다. 그러나 금방 찾아오는 죄책감은 또다시 나를 공포로 몰고 갔다. 계속되는 이 삶이 너무 싫었다. 이렇게 산다는 것은 지옥이었다. 하나님께 매달려 볼 생각이었다.

"나를 살리실 분은 하나님밖에 없어!"

크게 외친 후 7일 금식에 들어갔다. 7일 물만 먹었는데도 날아갈 듯 행복했다. 7일 금식 후 하나님의 사랑과 은혜를 다시 한 번 고백하며 신학교 갈 준비를 했다. 사실 신학을 하면서 지금까지 내게 일어난 일들이 왜 일어나야 했는지를 하나님의 섭리 속에서 답을 찾고 싶었다.

그 답을 찾기를 간절히 원했다. 그런데 신학교 2학년 때 남편과 결혼하면서 하나님께서 '나 같은 사람도 사모로 부르시는구나'를 깨달았다. 하나님의 생각과 내 생각은 분명히 달랐다.

몸 찬양 사역자로의 부름

내가 올려드리는 몸 찬양은 죽음에서 살아난 사람의 춤이다. 나를 살리신 하나님만을 높이는 춤이다. 일반대학원에서 한국 무용학을 전공했고 졸업논문 「기독교 예배 무용을 통한 선교방안의 모색」을 쓰면서 기독교 예배 무용에 대해서 다시금 깨닫는 것이 많았다. 그리고 목회학석사 졸업논문 「기독교 무용에 대한 연구」를 쓰면서 몸 찬양이 말씀에 비추어 얼마나 중요한 부분인지를 깨달았다.

기독교 무용을 잘못 이해하다 보면 정말 배가 산으로 가는 격이 된다. 이러한 오류를 최대한 막기 위해 말씀과 기도하는 시간을 개인적으로 많이 가졌다. 몸으로 하나님을 높이는 것이 가능할까? 자신을 드러내려는 사탄의 달콤한 유혹일 수도 있지 않을까? 교회에서 춤을 춘다는 것이 바른 것일까? 수많은 의문 속에서 나는 춤을 췄다. 그리고 결론은 '가능하다'이다. 구약의 춤들은 대부분 하나님을 높이며 기쁨과 감사의 수단이었음을 알 수 있다.

아론의 누이 선지자 미리암이 손에 소고를 잡으매. 모든 여인도 그를 따라 나오며 소고를 잡고 춤추니.

출애굽기 15:20

이 말씀은 홍해를 하나님의 은혜 가운데 건넌 후 전지전능하신 하나님을 찬양하는 부분에 등장한다. 이때 승리의 감사한 마음으로 하나님을 찬양하며 춤을 춘 것이다. 그렇다. 삶을 살아가면서 기쁨과 감사가 있을 때 우리는 제일 먼저 하나님께 감사해야 한다. 최고의 감사를 표현하는 곳에는 언제나 춤이 등장했다.

7년 전 큰 교통사고로 사경을 헤맨 적이 있다. 교통사고 나기 전에도 몸 찬양으로 하나님을 높였다. 그러나 그때는 나의 모습이 많이 드러났었고 하나님만 온전히 높이는 춤을 추었던 것은 아니었다.

춤을 누군가에게 보이려고 춘다면 추지 않는 것이 좋다. 그런 춤을 추고 싶으면 성전에서는 추어서는 안 된다. 거룩한 하나님 앞에서는 그분만을 높이는 춤을 추어야 한다. 이 부분을 깨닫기까지 많은 공부와 경험과 시행착오를 경험했다. 교통사고 때의 일을 한 순간도 잊어 본 적이 없다.

"어머나, 죽었나 봐 죽은 것이 확실해. 차 바퀴에 깔려 지나갔으니, 119 좀 불러!"

택시에서 내린 내가 동전이 굴러가는 것을 잡으려고 몸을 굽히는데 내 옆구리에 '퍽' 하는 소리와 함께 공중으로 3미터 정도 날아가서 떨어졌다. 그런데 뒤에 따라오던 운전자가 나를 보지 못하고 계속 운전을 했다. 그리고는 땅바닥에 누워 있는 나의 가슴 위로 차바퀴가 지나갔다.

이때 앞에 갈비뼈는 15대 뒤에 날개뼈 1대가 부러졌고 폐는 시꺼멓게 멍들었다. 사고 당시 사람들이 웅성거리는 소리를 들어서였는지 정신을 바짝 차리려 애를 썼다.

"저 숨 좀 쉬게 해주세요."

급한 상황에 오른쪽 옆구리에 마취주사도 주지 않고 구멍을 뚫어서 호수를 넣었고 그제야 숨을 쉴 수가 있었다. 이렇게 간단한 응급조치 후 도착한 곳은 ○○ 병원 응급실이었다.

바로 중환자실로 들어갔고 이때서야 깊은 잠에 빠져들었다. 잠시 후 눈을 뜨니 남편이 왔다. 또 누가 날 깨워서 일어나 보니 딸과 아들, 아버님이 다녀갔다. 엄마는 나를 보지 못하게 했다고 한다. 충격받고 쓰러질 것을 염려한 의사의 배려였다.

지금도 그때 당시 일을 잊지 못한다. 너무 생생했다. 차바퀴가 지나가는 순간 생각했다.

'이렇게 천국 가는구나. 이 세상에 미련은 없어. 차라리 하나님 계신 천국이 좋아. 아니야 이게 뭐지? 내가 왜? 뭘 잘못했다고? 사

모로 가슴앓이하며 내가 하고 싶은 거 하나도 못했는데, 하나님 살려 주세요. 제가 뭘 잘못했나요?'

사고 당시 짧은 시간에 기도했던 내용이다. 긴 시간 병원에 있었지만, 살아있는 것만으로도 행복했다. 많은 지인이 다녀갔다. 온몸에 붕대를 감고 있었고 많은 양의 주사를 맞는 상태였다. 모두 이런 내 모습에 눈물을 흘렸는데 나는 좋아서 웃고 있었다. 하나님의 은혜와 사랑은 이렇게 감미롭고 행복했다. 비록 배설물은 딸과 엄마가 번갈아가며 갈아 주는 생활을 했지만 삶에 감사했다.

사고 후 1인실로 왔을 때 제일 먼저 한 일은 팔과 다리가 제대로 움직이는지를 알아보는 것이었다. 다행히도 타박상은 있었지만 움직이는 데는 별 무리가 없었다. 그때 눈물을 흘리며 간절하게 기도했다.

"하나님 비록 이런 몸이지만, 내가 살아있는 한, 하나님만 높이는 춤을 만들 것이고 추겠어요."

정말 그러한 삶을 살고 있다. 내가 하나님께 올려드리는 춤은 죽었다가 살아난 사람을 살리신 하나님께만 경배하는 춤이다. 교통사고 후 동작들은 많은 제한이 있었다. 아직도 오른쪽 팔을 온전히 올리는 것이 힘들고 폐의 손상으로 오랫동안 춤을 출 수 없었다. 그리고 다리는 온전하지만 사고 후 많은 동작을 할 수가 없었다. 그래서 더 간절히 기도하며 말씀 가운데에서 성령 하나님의 도

우심으로 동작들을 만들어서 올려드렸다.

나는 '죽으면 죽으리라' 춤을 만들고 춤을 춘다. 사람들의 평가는 기대하지 않는다. 하나님께만 영광 올려드리면 족한 것이다. 이렇게 자연스럽게 몸 찬양 사역자로 부르심에 순종하며 가고 있다.

상한 감정의 치유자로의 부름

“에스더야 내가 너무 마음이 아프구나. 내 백성을 네가 이끌어 올 수 있겠니? 나는 저들을 버린 적이 없단다. 그런데 저들은 내가 버렸다고 원망하고 있구나.”

이제 좋아하는 일을 하며 평안하게 살 수 있다고 생각했다. 그런데 그때 하나님께서 부르셨다. 사실 오래전부터 사역해 오던 부분이기도 했다.

내가 만든 8단계 프로그램으로 ‘상한 감정의 치유’를 하며 함께 울고 웃었다. 마음에 상처와 분노와 중독 그리고 어려움에 처해 있는 사람들이 기도하고 말씀을 읽으면 확실히 살아났다. 정말 아이러니한 것은 교회 안에 이런 사람들은 참 많았다.

가족들에게 버림받고 사회에서 정죄 받는 사람들도 말씀과 기도만 하면 살아났다. 이미 경험했고 이끌어 오던 것이 아닌가! 그래도 그런 사람들을 품고 기도하며 말씀으로 양육하기란 하늘에서

별 따기만큼 어려운 일이었다. 이런 사람들은 일반사람들보다 상처가 몇 배로 많다. 그래서 쉬운 일이 결코 아니었다.

"하나님 왜요? 왜 제가 해야 하나요? 저는 몸 찬양만 올려드리고 싶어요."

사실 자신이 없었다. 그들 대부분은 '모' 아니면 '도'다. 같이 기도하고 말씀으로 양육해도 조금만 틀어지면 나를 죽일 듯이 대한다. 그리고는 말도 안 되는 거짓말들을 주변에 있는 사람들에게 말해서 관계를 틀어지게 했다.

그러나 말씀과 기도로 잘 양육된 사람들은 지금까지도 상처와 중독에서 벗어나 기쁨으로 살고 있다. 이 땅에서 천국을 누리며 살고 있다.

어느 날, 몇 시간을 기도했는지 모를 정도로 기도하는데 뜨거운 눈물이 가슴으로부터 흘렀다.

"에스더야. 이건 너니깐 할 수 있는 거야. 너는 많은 아픔과 중독 속에서 나를 만났잖니? 네가 만난 나를 저들에게도 전해주렴!"

얼마나 울었을까? 누가 물을 얼굴에 부어 놓은 듯했다. 눈물은 주변에 이미 강을 이룰 태세였다. 하나님의 말씀에 순종하기로 다짐했다.

상한 갈대를 꺾지 아니하며 꺼져가는 등불을 끄지 아니하고 진실로 정의를 시행할 것이며 그는 쇠하지 아니하며 낙담하지 아니하고 세상에 정의를 세우기에 이르리니 섬들이 그 교훈을 앙망하리라.

이사야 42:3-4

코로나로 집에서 지내는 시간이 많아져서 줌으로 '상한 감정의 치유기도회'를 진행 중이다. 여전히 은혜받는 사람과 그렇지 못하고 배회하는 사람들이 생겼다. 그러나 흔들리지 않는 것은 말씀을 의지하기 때문이다. 안타까운 것은 교회 안에 중직 자들 가운데 이러한 사람들이 많다는 것이다. 그러나 내가 감히 판단하는 죄를 범하지 않기 위해서 오늘도 무릎 꿇고 나아간다.

지금도 사탄은 우는 사자와 같이 상처 입고 아파하는 자들에게 친구로 찾아온다. 더 이상은 속지 말아야 한다. 상처 없이 사는 사람은 없다. 또한, 견딜 수 없는 시험을 하나님은 허락하지도 않으신다. 피할 길을 주시고 동역자들을 만나게 하신다.

나는 세 가지 중독에 깊이 빠져 있었다. 그러나 하나님의 때에 나를 만지셨다. 하나님은 못 고칠 질병이 없으시다. 하나님의 시간 속에서는 실패라는 것은 없다. 다만 그분의 시간을 기다리는 모습이 필요할 뿐이다. 오늘도 하나님과 대화하며 말씀 나누기에 정말 좋은 날이다.

말씀 전하는 사역자로의 부름

나는 말씀을 많이 사랑한다. 이적이나 기적도 필요하지만, 하나님의 말씀이면 되는 사람이다. 그래서인지 말씀을 듣는 시간이 기다려진다. 두렵고 떨림으로 기다린다는 표현이 적당한 것 같다. 하나님의 말씀을 기도하며 읽고 여러 주석과 사전 원문을 찾아보는 것은 너무나도 달콤하다.

> 너는 말씀을 전파하라. 때를 얻든지 못 얻든지 항상 힘쓰라. 범사에 오래 참음과 가르침으로 경책하며 경계하여 권하라.
>
> 디모데후서 4:2

나는 설교를 못 한다. 그러나 말씀을 사랑한다. 하나님은 말씀을 가까이하고 사모하는 사람에게 은혜를 주신다. 나는 내가 깨닫고 은혜받은 내용의 말씀을 나누기를 좋아한다. 한 구절의 말씀도 깊이 있게 하나님께서 하시고자 하시는 말씀이 무엇일까를 찾는다. 그리고 묵상하며 기도하고 하나님의 뜻을 발견한다. 정말 값진 일이다.

주일학교 설교는 신학교 때부터 했었기에 그리 어려운 일이 아니다. 그러나 장년부 설교는 때론 부담으로 다가왔다. 한동안은 넘기 힘든 산이라고 생각한 적도 있었다. 힘든 이유는 내가 하려고 했기 때문이다. 내게 말씀으로 주신 그 말씀을 동일하게 나누고 함께 기도하며 같이 깨달으려 했다.

성도의 수와는 상관없다. 성도가 한 명이 앉아있는 것과 수천 명이 앉아있는 것과 별다른 차이는 없다. 예배는 하나님께 올려드리는 것이지. 사람에게 인정받으려고 또는 지식을 알리기 위해서가 아니기 때문이다.

목사만 말씀을 전하는 것이 결코 아니다. 우리는 누구나 말씀을 전할 수 있다. 그리고 복음은 전해야 한다. 하나님께서 택한 사람을 우리가 어찌 알 수 있단 말인가? 다만 살아계신 하나님을 온 마음을 다해 전해야 하는 사명은 누구에게나 있다. 말씀을 전한 후 하나님의 때가 되면 하나님께서 일하신다.

남편이 사역하는 곳은 미자립교회이다. 이곳으로 오면서 남편과 나는 사도 바울처럼 교회를 섬기고 있다. 사도 바울은 천막 치는 일과 말씀 전하는 일을 병행했다. 소위 '자비량선교'를 하며 살았다. 남편과 내가 그렇게 살고 있다.

교통사고 후 나는 몸 찬양사역 말씀 전하는 일, 상한 감정의 치유 사역에 집중하고 있다. 그러면서 말씀의 깊이를 더 알고 싶어서 MDiv(목회학석사)도 하였다. 지나고 나서 생각해보면 모든 것은 하나님의 섭리 속에 예정된 일이었다.

몸 찬양사역과 말씀 사역이 없을 때 교회에 종일 있는 것을 좋아한다. 온전히 나만의 시간을 하나님께 올려드리기를 즐긴다. 아무도 없는 교회지만 예수님과 함께 새로운 그림을 그리기에 좋은 시간이다. 몸 찬양을 만들 때도 있고 강대상에서 말씀을 전하기도 한다. 찬양 부르는 것도 참 좋다. 상담 전화가 오면 최대한 예수님이라는 어떻게 했을까? 생각하여 말하기를 힘쓴다.

대부분 상담하는 사람은 중독자이거나 마음이 심히 상해 있는 사람들이다. 이들을 위해 최대한 열심을 다해 말씀을 전하며 기도한다. 결국은 말씀이 답이다. 말씀은 살아있기 때문이다. 믿기만 하면 되는데 그게 잘 안 되는 사람들이다. 나도 그랬었으니 충분히 이해한다. 때론 함께 깊은 공감을 하며 운다.

> 하나님의 말씀은 살아있고 활력이 있어 좌우에 날 선 어떤 검보다도 예리하여 혼과 영과 및 관절과 골수를 찔러 쪼개기까지 하며 또 마음의 생각과 뜻을 판단하나니. 지으신 것이 하나도 그 앞에 나타나지 않음이 없고 우리의 결산을 받으실 이의 눈앞에 만물이 벌거벗은 것 같이 드러나느니라.

히브리서 4:12-13

어떠한 문제도 말씀을 사랑하는 사람 앞에서는 문제가 아니다. 말씀 보고 기도하고 하나님의 시간을 기다리면 되니 오히려 감사함이다. 사람들은 누구나 실수하고 잘못할 수 있다. 최대한 빨리 잘못을 돌이킬 방법이 말씀 앞으로 가는 것이다.

남편과 나는 20대 중반에 부름 받아서 공식적인 안식년을 한 달도 가져 본 적이 없다. 그런데 생각해보니 하나님과 동행하고 사는 날마다 안식년이었다. 힘들고 아프고 가난해도 교회에서 설교할 수 있다는 것이 얼마나 큰 행복인지를 날마다 느끼는 요즘이다. 앞으로도 이렇게 하나님께서 나를 통해 하시고자 하시는 일들을 말씀 가운데서 찾으며 기도하며 나아갈 것이다.

기도하는 전도자로 부름

나는 단 하루도 기도하지 않고는 살아갈 수 없는 사람이다. 기도하는 사람만이 하나님과의 동행을 강하게 느낄 수 있으므로 가장 아름다운 삶이다. 기도하지 않고 산다는 것은 내가 살아있는 것이다. 내가 살아있으면 하나님은 일하실 수가 없다. 그래서 나는 날마다 죽어야 한다. 사도 바울의 삶도 그랬다.

> 형제들아 내가 그리스도 예수 우리 주 안에서 너희에 대한 나의 자랑을 두고 단언하노니 나는 날마다 죽노라.
>
> 고린도전서 15:31

죽은 사람은 말이 없다. 나는 죽었다. 하나님 때문에 사는 인생이다. 대학교 1학년 때 큰 사고로 죽었고 식이장애로 죽었고 급성 알코올중독으로 죽었고 약물중독으로 죽었다. 그리고 교통사고로 죽었고 얼마 전 자궁 난소 혹 세 곳을 들어내며 죽었다. 상한 감정의 치유기도회를 통해 죽었고 제일 자신 있어 했던 무용수로서도 죽었다.

나는 하나님이 가라 하면 가고, 서라 하면 서는 사람이다. 기도 없이 하나님의 결재 없이 무엇을 할 수 있다는 말인가? 나는 모든 것에 의미를 두지 않는다. 나에게서의 의미는 하나님 외엔 없다. 그러니 기도는 나의 삶이다. 나의 고백이며 나의 길이다. 상한 감정의 치유기도회를 인도하면서 한 말이다.

"여러분 여러분은 지금 마음이 상해서 할 말이 많으시지요? 극히 상한 감정들을 안고, 중독으로 살아가려니 많이 힘들었을 것입니다. 그런데, 왜 저에게는 이야기하면서 하나님께만 말을 못하시고 자꾸 문을 닫고 있나요? 하나님은 살아계십니다. 하나님께서는 여러분의 기도를 들으시길 원하십니다."

그렇다. 하나님은 기도하기를 원하신다. 주변에서 많은 사람이 나를 위해 기도해 줄 수 있겠지만, 인격적인 하나님을 만나는 것은 스스로 해야 한다. 그러기 위해서 경건의 훈련이 있어야 한다. 훈련은 결코 쉬운 것이 아니다. 훈련은 고된 것이다. 그러나 반드시 넘어야 할 산이기도 하다. 나의 삶을 뒤돌아보아도 지금의 내가 있는 것은 경건의 훈련이었다.

너는 이것을 알라 말세에 고통 하는 때가 이르러 사람들이 자기를 사랑하며 돈을 사랑하며 자랑하며 교만하며 비방하며 부모를 거역하며 감사하지 아니하며 거룩하지 아니하며 무정하며 원통함을 풀지 아니하며 모함하며 절제하지 못하며 사나우며 선한 것을 좋아하지 아니하며 배신하며 조급하며 자만하며 쾌락을 사랑하기를 하나님 사랑하는 것보다 더하며 경건의 모양은 있으나 경건의 능력은 부인하니 이 같은 자들에게서 돌아서라.

디모데후서 3:1-5

경건의 모양새만 있다고 경건한 것이 아니다. 경건은 능력이다. 이 능력은 오직 하나님께로 온다. 그러기 위해서 나는 죽어야 한다. 죽는 것은 힘든 일이다. 그러나 말씀과 기도의 훈련이 되면 자연스럽게 나는 죽게 된다. 그때부터는 하나님께서 일하시게 되는 것이다.

나는 형식적인 것을 정말 싫어한다. 무엇이든지 척하는 사람들과는 어울리지 않는다. 하나님께 전심으로 구하며 나아가는 것이 최선이라고 생각한다. 군사도 훈련되어야 전쟁터에서 나갈 수 있는 자격을 부여받는다. 그냥 되는 것은 없다. 하나님께 기도하며 은혜를 구하고 내가 할 수 있는 한 무엇이든 최선을 다해야 한다.

나를 능하게 하신 그리스도 예수 우리 주께 내가 감사함은 나를 충성되이 여겨 내게 직분을 맡기심이니.

디모데전서 1:12

다시 한 번 힘주어 말하고 싶다. 기도해야 살 수 있다. 나는 찬송가 〈내 기도하는 그 시간(364)〉을 즐겨 부른다.

내 기도하는 그 시간 그때가 가장 즐겁다. 이 세상 근심 걱정에 얽매인 나를 부르사. 내 진정소원 주 앞에 낱낱이 바로 아뢰어 큰 불행 당해 슬플 때나 위로받게 하시네.

찬송가 364장1절

정말이다. 기도하는 그 시간이 가장 즐겁다.

영혼 구원의 전도자로 부름

나는 말을 잘하는 편이다. 학창시절을 떠올려 보면 주변엔 늘 친구들로 북적거렸다. 그리고 내 말에 귀를 기울여주는 친구들이 있었기에 명랑함을 유지했던 것 같다.

중학교 2학년 때, 한동네에 사는 초등학교 동창인 남자아이가 있었다. 초등학교 때는 나에게 아무런 말도 안 하더니 계속 우리 집으로 러브레터를 보냈다. 이때만 해도 남자친구를 사귀면 퇴학당하는 줄 알았기에 편지를 보고 그 자리에서 찢어 버렸다. 교회 가는 중이었다. 우연히 그 친구를 길을 가다가 만나게 되었다. 둘 다 꿀 먹은 벙어리가 되었다. 멍하게 서 있는 상황을 깬 것은 나였다.

"안녕, 너 교회 다니니? 12월 24일에 우리 교회에서 크리스마스 행사를 해. 올 수 있으면 오면 좋겠어."

누구의 말인데 거역하겠는가? 나중에 알고 보니 그 친구의 집은 대대로 불교 집안이었다. 크리스마스이브에 그 친구는 다른 친구와 함께 왔다. 나는 이번 기회에 예수님 믿게 할 작정으로 전도사님께 부탁을 드렸다.

다음 주부터 우리 교회에 나온다는데 너무 신났다. 이렇게 첫 전도는 시작되었다. 그 이후로도 편지는 계속되었지만, 답장은 한 번도 안 해 주었다. 그래서인지 교회 나오다가 안 나오는 것이었다. 나랑 사귀려고 교회 등록했는데 교회에서만 아는 척했던 것이 화가 난 모양이다. 한 번만이라도 답장해줄 걸 후회도 된다. 하지만 보수적인 집안에서 자란 나였다. 그리고 아버지가 군인인데 남자친구를 사귄다는 것은 상상도 못 할 일이다.

두 번째 전도는 고3 때 나와 가장 친했던 친구였다.

"○○아 나랑 같이 교회 가자."

○○은 고1 때부터 알고 지냈고 고3 때는 각자의 집에 숟가락이 얼마나 있는지 알 수 있을 정도로 깊이 친했다. 이 친구도 불교 집안이었는데 중고등부 예배를 함께 가기로 약속했다. 그런데 조건이 있었다. 무용을 가르쳐 달라는 것이다. 우리 학교는 무용실이 따로 있었고 무용실 열쇠를 선생님이 내게 맡겨두셨다. 나는 틈만 나면 무용학원에서 배운 것을 무용실에서 연습했다. 그래서 그 친구의 요구는 어려운 것이 아니었다.

무용실 옆으로 남자 고등학교가 있었다. 내가 무용실에서 음악을 크게 틀어놓고 무용을 할 때면 많은 남학생이 창문 사이로 휘

파람도 불고 응원해 주었다. 콧대 높은 나였고 삶의 진로가 분명하기에 그런 일에 흔들리거나 미혹되지 않았다. 그 후로도 남자 학교에서 러브레터를 많이 받았지만 보지도 않고 그 자리에서 찢어 버렸다.

난 대학에 진학했지만, 친구는 대학을 가지 못했다. 그렇게 자연스럽게 서로 멀어졌고 그 친구는 교회도 나오지 않았다. 훗날 들은 이야기인데 고등학교 졸업하자마자 남자를 사귀었고 결혼까지 했다고 한다. 기도하지 않고 전도했던 결과 열매는 없었다. 그래도 많은 것을 경험하는 계기가 되었다.

신학교 때 동아리에서 일주일에 한 번은 꼭 노방전도를 했다. 그때 영혼 구원에 대한 하나님의 일하심을 느꼈다. 사실 대학교 때 CCC 선교단체를 통해 많이 전도했었고 양육했었기에 전도는 중요한 일이 되어 있었다. 신학교 수업을 끝나고 잠시 학교에서 내려와서 어디를 가는 중이었다. 초등학교 3, 4학년쯤 되는 아이들이 서로 재미있게 놀고 있었다. 그때 불현듯 이 아이들에게 복음을 전해야겠다고 생각했다. 그리고 바로 다가갔다.

"애들아 안녕. 나는 저 신학교에 다니는 전도사란다. 너희들 예수님에 대해서 들어보았니?"

나는 이날 4영리를 가지고 복음을 전했다. 아이들은 영접 기도까지 따라 했고 주변교회로 연결해 주었다. 그때였다.

"배 전도사님~"

지금의 남편 현 전도사님이 내가 전도하는 모습을 계속 지켜보고 있었다. 결혼해서 알게 된 사실이지만 멀리서 전도 하는 모습을 지켜보면서 '주님 저렇게 전도하는 자매가 나의 아내가 되면 얼마나 좋을까요'라고 잠시 기도했다고 했다. 남편과 내가 인연이라서 계속 어떤 식으로든 만나게 되었던 것이다. 지금 생각하면 하나님의 인도하심에 감사함뿐이다.

사람들 만나는 것을 좋아했다. 그렇기에 전도하고 복음을 전하는 일은 즐거운 일이었다. 사모가 된 후로도 계속 전도했다. 열매가 있든지 없든지 상관없었다. 전도할 때는 전도지만 던져주고 가지 않았다. 그분의 삶을 다 들어 주었고 공감해 주었다. 그리고는 복음을 전했다. 그렇게 전도했던 어른들이 교회에 오지는 않았다. 그래도 복음을 전했고 나머지는 하나님께서 하실 것을 믿었다.

주일학교 아이들과 중고등부 친구들은 곧잘 교회에 나왔다. 그 때만 해도 사모였지만, 주일학교 전도사로 있었던 나는 주일학교에 대한 열정이 강했었다. 이렇게 남편과 한 교회에서 남편은 담임 목사님으로 나는 사모이면서 전도사로 있었다.

강한 성령 하나님의 부름

주 여호와의 영이 내게 임하셨으니 이는 여호와께서 내게 기름을 부으사. 가난한 자에게 아름다운 소식을 전하게 하려 함이라. 나를 보내사. 마음이 상한 자를 고치며 포로 된 자에게 자유를 갇힌 자에게 놓임을 선포하며 여호와의 은혜의 해와 우리 하나님의 보복에 날을 선포하여 모든 슬픈 자를 위로 하되 무릇 시온에서 슬퍼하는 자에게 화관을 주어 그 재를 대신하여 찬송의 옷으로 그 근심을 대신하시고 그들이 의의 나무 곧 여호와께서 심으신 그 영광을 나타낼 자라 일컬음을 받게 하려 하심이라.

이사야 61:1-3

주관적인 생각에 여자가 무슨 목사를 하나 싶었다. 무용을 전공하면 개방적이라고 생각하지만 아니다. 신앙에 있어서는 극 보수적이다. 신학을 하고 신대원을 나왔다고 해서 모두 목사로 부르신다는 생각해 본 적이 없다. 주변만 보아도 신학을 했고 신대원을 나왔어도 다른 직업에 종사하는 많은 사람을 보아 왔기 때문이다. 그리고 나는 사모이다. 사모가 어떻게 목사가 된다는 말인가?

그런데 신대원 마지막 학기 때 논문을 쓰며 외할머니를 간호하는 상황에서 기도와 말씀과 기도 중에 이사야 61장 1절에서 3절까지의 말씀을 계속 주셨다. 성령님의 임재가 깊이 느껴지는 기도의 시간에는 어김없이 이 말씀이 나를 사로잡았다. 그래도 깨닫지 못했는데 외할머니 임종을 며칠 앞두고 하나님께서 나를 목사로 기름 부으시길 원하는 것을 뚜렷하게 알게 되었다.

그리고는 외할머니께서 천국에 가셨고 한 달 후 청천벽력 같은 소식이 전해졌다. 엄마가 외할머니와 똑같은 폐암 진단이 나왔다. 그래서 서울 ○○ 병원에서 수술했다. 다행히 폐암 1기였기에 엄마는 하나님의 은혜 가운데 잘 회복하고 계시다.

그해 어떤 정신으로 살았는지 모르겠다. 자고 나면 한가지의 사건 사고가 터져있었다. 아버지의 치매와 뇌경색이 심해지셔서 요양병원에 모셨다. 몸이 하나인데 세 분을 한꺼번에 케어한다는 것이 쉬운 일은 아니었다. 그러나 성경의 말씀대로 '내 부모를 공경하라'에 순종했다. 그래서 하나님께서 목사로 부르심에 준비할 여력이 없었다.

하나님께서 강하게 성령의 기름 부으시기를 원하신다는 사실을 알고만 있었다. 시간이 약이라고 했던가. 시간은 흘렀다. 본격적으로 기도하며 목사고시를 준비할 때쯤에 일어난 일이다. 모 병원에서 자궁 CT를 찍은 후 결과를 보러 갔다.

"배에스더 씨. 난소에 혹인 듯하지만, 모양새가 좋지 못합니다. 그래도 걱정하지 마세요. 암이라고 해도 1기일 것입니다."

이건 또 무슨 말인가? 내가 암이라고? 왜? 뭐라 표현할 수 없는 흐느낌으로 소리 내어 울었다. 내가 사랑하는 두 여자가 폐암으로 한 분은 천국 가고 또 한 분은 치료 중이다. 그런데 나도 암이라고? 하나님 제게 왜 그러시는 거예요? '상한 감정의 치유기도회' 팀장으로 세운 염○○ 권사님께 전화해서 울부짖었다. 권사님은 내 이야기를 다 들어 주셨고 나를 위로해 힘이 되어주었다.

가족들의 권유로 서울 ○○ 병원에 예약했고 각종 검사를 받았다. 미자립교회 목사와 사모에게 무슨 돈이 있단 말인가? 그러나 나를 사랑하시는 하나님께서 순간순간 물질을 채워주셨다. 그날 쓸 물질만큼 꼭 예비해 주셨다.

"배에스더 씨, 다행히 난소에는 혹으로 진단이 나왔습니다. 그런데 자궁에 세포증식증으로 보이는 혹이 있습니다. 이것이 만약에 세포증식증이라면 암으로 갈 수 있으니 자궁을 들어내야 할 것 같습니다."

한고비 넘기면 또 다른 큰 산이 예비 되어 있었다. 나는 기도회 팀에 기도를 요청했고 우리는 최선을 다해 하나님의 일하심을 보길 원했다. 간절했다. 일주일 후 최종결과는 혹으로 마무리되었다.

암에 대한 극심한 공포가 있던 나에게 하나님께서는 혹으로 마무리 짓게 하셨다. 그러나 수술은 해야 했다. 난소 두 곳과 왼쪽 난소 옆에 길게 늘어져 있는 혹을 제거하는 수술을 했다. 이러한 상황들을 지나면서 목사에 대한 소명을 온전히 받아들였다. 언제가 될지는 모르지만, 충분히 몸이 회복되고 모든 상황이 제자리를 찾을 때쯤 나는 목사안수를 받을 생각이다.

목사가 되는 것에 가장 큰 롤 모델이 된 것은 여자 목사님이신 홍○○ 목사님이시다. 여자 목사에 대한 강한 편견을 없애준 분이시다. 홍 목사님처럼 목회하고 사역한다면 반드시 하나님은 기뻐하시리라 생각했다. 은근히 그녀의 삶과 사역에 스며들기 시작했다. '나도 홍 목사님과 같은 사명 자가 되리라' 다짐해 본다.

나 같은 죄인을 목사로 부르시는 하나님의 은혜야말로 신기하고 놀랍기만 하다. 내가 한 것은 오직 말씀을 따라 살려고 발버둥 친 것밖에 없다. 이런 중에 넘어지기도 했고 좌절하기도 했다. 그러나 지금까지 여기까지 인도하신 하나님의 섭리를 믿었기에 말씀 앞에 순종했다.

목사가 된다고 했을 때 남편 목사님이 제일 의아해했다. 그러나 지금은 그 누구보다도 응원하며 지지하는 사람이 되었다. 이 시간이 참으로 행복하다.

Part 3

에스더 사모의 일기

나의 사랑하는 자가 내게 말하여 이르기를 나의 사랑, 나의 어여쁜 자야 일어나서 함께 가자 겨울도 지나고 비도 그쳤고 지면에는 꽃이 피고 새가 노래할 때가 이르렀는데 비둘기의 소리가 우리 땅에 들리는구나, 무화과나무에는 푸른 열매가 익었고 포도나무는 꽃을 피워 향기를 토하는구나, 나의 사랑, 나의 어여쁜 자야 일어나서 함께 가자 바위틈 낭떠러지 은밀한 곳에 있는 나의 비둘기야 내가 네 얼굴을 보게 하라 네 소리를 듣게 하라 네 소리는 부드럽고 네 얼굴은 아름답구나.

아가 2:10-14

목사의 아내로 산다는 것

"배 사모 심방 갈 준비하세요."

이 말 한마디를 던지고 남편 목사님은 차 안에서 나를 기다렸다. 30분 전에라도 말해주면 안 되나 여자가 한 번 외출하려면 준비할 것이 얼마나 많은데 화장도 하는 둥 마는 둥 허겁지겁 심방할 가정으로 갔다. 나는 차 안에서 마무리 화장을 하고 구겨진 옷도 펴 보았다. 목사님들은 사모가 슈퍼우먼인 줄 아는 것 같았다.

"배 사모, 장로님이랑 저녁 식사하기로 했어요. 빨리 갑시다."

남편은 어딜 가든 나를 데리고 다니기를 좋아했다. 다른 목사님들은 혼자서 '시찰회'도 잘 가시고 '목사수련회'도 잘 가시는데 유독 내 남편은 어딜 가나 배 사모를 찾았다. 그러려면 빨리 좀 말을 해주든가 곧 시간이 임박해서 말을 했다. 나는 이런 남편의 성향을 알기에 늘 아침부터 대기 중이다. 언제든 부르면 달려나갈 수 있도록 준비하고 있었다.

남편이 '배 사모!' 다급하게만 불러도 심장이 뛰기 시작한다. 또 무슨 일일까? 어딜 가야 하는 걸까? 나름 나에게도 나만의 시간이 있는데 말이다. 사모가 무슨 종인가? 하여간 나는 사모이고 한국에서 태어난 사모들은 이렇게 사는 것이 맞는 것처럼 되었다. 그렇다고 딱히 불만이 있는 것은 아니었지만 내 스케줄이 없는 것이 안타까웠다.

교회에서도 늘 사모는 혼자이다. 중립을 지켜야 소리가 없기 때문이다. 은근히 교회는 끼리끼리 모여 있다. 그리고 시기 질투가 말로 표현할 수 없을 정도로 만연하다. 목사님과 중직들이 기도하고 구역장을 세우고 교회 직분자들을 세운다. 그러나 언제나 말이 많다.

상담하러 오시는 분들은 대부분 누구 때문에 힘들다는 이야기를 한다. 남편과 나는 그냥 들어줄 뿐이다. 해답은 본인이 말씀과 기도에 깨어 있지 않아서 생긴 문제인데 말이다. 때로는 모 집사가 나대는 것이 보기 싫다며 교회를 옮기겠단다. 어쩌란 말인가? 모 집사를 혼내 주라는 말인가? 내가 볼 땐 똑같은 사람인데 말이다. 이런 이야기를 1~2시간을 들어 주기만 해도 진이 빠진다.

"사모님, 목사님은 너무 하신 것 같아요. 이런 상황이면, 그분을 권징해야 하는 거 아닌가요?"

이 말을 왜 사모에게 하는지 모르겠다. 아무리 싸우고 집에서 안 좋은 일이 있어도 교회 성도들 앞에서 사모는 목사 편에서 말해야 한다. 지금도 그게 옳다고 생각한다. 성도들은 말도 안 되는 것을 가지고 사모를 힘들게 한다.

"사모님, 오늘 화장이 너무 짙은 거 아닌가요?"

"사모님, 치마가 너무 짧은 것 같아요."

"사모님, 사모님."

교회에서 누가 '사모님' 하고 부르기만 해도 겁이 난다. 사모는 누구에게 말해야 하나 남편은 사모니깐 다 받아주고 기도하란다.

요즘 사모님들이 정신과를 많이 찾는다. 그 원인 중의 하나가 말할 곳이 없어서 정신과 의사에게 이야기한다는 것이다. 충분히 이해된다. 나도 한때 그랬었다. 어린 나이에 사회도 접하지 못하고 사모가 된 나에게는 더 그랬다. 친구들과 만나 대화하는 시간이 참 행복한데 사모가 된 후 그랬던 적이 없다.

정말 그랬다. 사모로 성도들과 함께 나의 이야기를 하거나 가족 이야기를 한 적이 없었다. 아직도 본 교회에서는 나의 이야기를 하는 것을 많이 절제한다.

사모로 산 지 28년이 넘었다. 28년 동안의 일어난 이야기를 하라고 하면 한 달도 부족하다. 하나님의 위로하심과 인도하심이 없었다면 지금 나는 없었을 것이다. 기가 막힌 이야기가 있다. 한 번쯤은 이야기 하고 싶었다. 생생한 기억으로 남아있다.

"사모님, 사모님은 우리가 싫으세요? 왜 우리 쪽으로는 보고 웃지 않으시면서 저쪽으로는 계속 웃어 주시나요?"

어쩌란 말인가? 본인들이 싫어한다고 나도 싫어하라는 말인가? 그리고 언제 내가 그렇게 행동했는가? 참나! 웃는 것도 제대로 못 웃는단 말인가? 강한 시집살이이다. 사실 요즘 이렇게 시집살이하는 며느리도 없다. 시댁 가서 할 말 다하는 며느리가 얼마나 많은가?

사모는 외롭다. 아프다. 그러나 가식으로도 안 아픈척해야 한다. 하나님의 위로하심과 사랑이 없이는 갈 수 없는 사람이다. 그래서 오늘도 그분 앞에 토해 내는 기도를 해야 하는 사모들을 진심으로 사랑한다.

소경으로 살아야 하는 사모

예수님의 사역을 유심히 보면 거의 치유 사역이다. 더러운 귀신 들린 사람을 고친 이야기, 각종 병을 고치신 이야기, 나병 환자를 깨끗하게 치유한 이야기, 바디메오의 눈을 뜨게 한 이야기 등이 있다. 그러나 사모는 눈을 뜨고 있으면서 보고도 못 본 척하고 살아야 한다. 너무 한 것 아닌가? 생각한 적이 많다.

우리나라 대부분의 사모들은 소경으로 산다. 교회에서는 당연히 보아도 못 척하고 큰일일 경우 남편 목사님께 말씀드리고 목사님이 해결하게끔 한다. 사모 혼자서는 권면도 못 한다. 잘못 권면했다가는 사모 때문에 교회를 나간 다느니 사모가 너무 나댄다느니 말이 많기 때문이다. 나는 이렇게 살았다.

교회에서 싸움이 나면 볼 만하다. 장로와 장로의 다툼, 집사와 집사의 다툼, 이 모든 것은 알고 보면 나를 인정해 달라는 성인 아이의 모습들이다. 나보다 훨씬 나이 많으신 분들이 교회 안에서 사모가 보는 데서도 다툰다. 사모를 투명인간으로 알고 있는 듯하다. 별일 아닌 것을 가지고 다툰다. 기도하러 교회 갔다가 놀라서 사택으로 돌아온 적이 몇 번 있다.

'상한 감정의 치유기도회'에서도 이런 부분들은 많이 있는 일이었다. 리더면서 사모인 나는 보아도 못 본 척 한 일이 한두 번이 아니다. 기도회가 끝났으면 각자 집으로 가면 되는 것이다. 그런데 리더인 나를 빼고 모임을 갖는다. 그때도 못 본 척하고 지나왔다. 내가 할 일은 하나님 앞에 충실히 행했기에 나머지는 하나님께서 하실 일이다. 마음으로 많은 생각 했다.

'내가 어리고 사모라는 것으로 이들이 나를 자신들의 잣대에 비추어 맘에 안 드는 부분을 씹는구나. 그렇게라도 치유되어서 하나님과 인격적으로 만나서 새로운 삶을 산다면 감사한 일이야.'

정말 그러한 심정이었다. 그러나 기도회 후 삼삼오오 모여서 뒷담화 했던 사람은 아직도 방황하며 살고 있다. 나는 여기서 중요한 진리를 알게 되었다. 하나님께서 사용하시는 사람에 대해 함부로 말하거나 판단하면 극한 올무에 빠진다는 사실을 말이다.

비판을 받지 아니하려거든 비판하지 말라. 너희가 비판하는 그 비판으로 너희가 비판을 받을 것이요. 너희가 헤아리는 그 헤아림으로 너희가 헤아림을 받을 것이니라. 어찌하여 형제의 눈 속에 있는 티는 보고 네 눈 속에 있는 들보는 깨닫지 못하느냐? 보라 내 눈 속에 들보가 있는데 어찌하여 형제에게 말하기를 나로 네 눈 속에 있는 티를 빼게 하라 하겠느냐. 외식하는 자여. 먼저 내 눈 속에서 들보를 빼어라! 그 후에야 밝히 보고 형제의 눈 속에서 티를 빼리라.

마태복음 7:1-5

시간이 지날수록 하나님의 마음을 전달하면 전달할수록 자신의 들보를 깨닫지 못하고 다른 사람의 티만을 가지고 비방하는 사람들이 늘어 가고 있다. 참으로 안타까운 현실이다. 어쩌면 이러한 상황을 보시기에 너무 힘드셨던 하나님께서 코로나를 허락하시어 조용한 가운데 자신을 성찰하게 하시는지도 모른다.

지금은 교회에 가고 싶어도 갈 수 없는 상황이 되었다. 그래서 사람들을 만나서 이야기할 수 있는 것이 매우 제한적이다. 그런데도 하나님께서는 섭리 가운데 자신이 택한 사람을 찾으신다.

나는 코로나 시대에 줌으로 '상한 감정의 치유기도회'를 하고 있다. 줌으로 기도회를 하는 것이라서 대면할 때보다 어려움을 더 깊게 찾아왔다. 기도회를 위해 철야하며 작정 기도하고 금식을 하며 이들이 하나님을 만나길 간절히 기도했다. 그러나 이곳에서도 보아도 못 본 척하며 리더인 사모는 소경으로 살아야 했다. 그래도 간절함으로 기도회에 임하는 사람들은 어김없이 하나님께서 만지셨다.

앞으로 하나님께서 어떻게 인도하실지는 모른다. 그러나 분명한 것은 상한 감정을 가지고 있는 사람들을 하나님은 만나길 원하시고 치료하시길 간절히 원하신다. 나는 나처럼 하나님의 말씀을 사랑하고 간절히 기도하는 사람이 좋다.

하나님께서 허락하시는 한 코로나 시대에 살면서 줌으로 '상한 감정의 치유기도회'를 계속할 것이다. 팀장을 두 분 세웠다. 권사님 한 분과 집사님 한 분이다. 이들은 변함없이 나와 동일하게 함께 가고 있는 분들이다. 혼자서 기도하는 것보다도 두셋 여럿이 기도하는 것이 필요하다. 하나님께서는 충성된 사람을 원하신다. 나 또한 그렇다. 어떠한 환경과 여건 속에서도 충성되게 함께 갈 수 있는 사람이 필요하다.

미래의 일은 내가 알 수 있는 영역이 아니다. 그러나 적어도 오늘은 소경으로 살아갈 힘이 생긴다. 그러나 이제는 무조건 못 본 척하는 것이 아니라 사랑으로 권면하며 깨닫게 하는 소경의 삶이다. 하루하루를 이렇게 코람데오의 정신으로 살아간다면 머지않아 적어도 교회 안에서는 상한 감정 때문에 다투는 사람들이 줄리라 믿는다.

귀머거리로 살아야 하는 사모

"어머나 사모님은 할 일이 그리도 없나. 홈플러스에서 사나 봐~ 도대체 홈플러스에 하루에 몇 번을 가는 거야?"

교회 들어가는데 유아실에서 젊은 집사님들이 옹기종기 모여서 깔깔거리며 나를 씹는 중이었다. 아들 준비물을 사려고 이곳저곳 다니다가 없어서 홈플러스에 간 것이 기억이 났다. 그리고 저녁 찬거리를 사려고 홈플러스에 갔었다. 그날 두 번 홈플러스에 간 것이다. 재래시장은 사택에서 먼 거리이기에 있었기에 나는 홈플러스를 자주 이용했다. 이것도 교회 성도들에게는 이야깃거리가 되는 것이다.

"사모님 어제 목사님이랑 다투셨어요? 목사님께서 오늘 설교하시는데 표정이 안 좋아서요. 아무 일 없으신 거죠?"

기가 막혔다. 목사님이 표정 안 좋은 것이 꼭 부부 싸움 때문이라고 상상하는 발상은 뭐지? 주일 아침에 목사님 아침을 챙겨야 한다는 둥 와이셔츠는 날마다 다려서 입히라는 둥 목사님이 피곤한 것 같으니 한약을 한재 지어 먹이라는 둥 속으로 말했다.

'그럼 울 목사님도 데리고 가셔서 살아 주세요. 나도 좀 편하게 살고 싶어요.'

설교 준비하느라 바쁘고 교회 빚 때문에 걱정하고 사이좋지 못한 성도들 때문에 마음 쓰는 남편에게 말도 못하고 나만 속앓이했다. 이런 이야기를 누구에게 말할 수 있단 말인가? 그냥 들어도 못 들은 척 그러면 그런가 보다 하고 산 것이다. 몸이 너무 아파서 새벽예배를 못 가고 있던 날에 모 권사님께 전화가 왔다.

"사모님, 사모가 되어서 새벽예배를 안 나오시면 어떡해요? 하루 이틀도 아니고, 사모가 기도 안 하니깐 교회가 힘들잖아요."

전화를 끊고 마치 죽을 죄인이라도 된 듯이 숨죽이며 하나님께 울부짖었던 기억이 있다. 내가 아프고 싶어서 아픈가? '권사님같이 함부로 판단하고 생각하는 사람들 때문에 사모들이 몸살로 한번 누우면 일어나기가 쉽지 않네요'라고 말하고 싶었다. 그러나 어쩌나 난 사모인데 참아야지.

나의 사랑하는 자가 내게 말하여 이르기를 나의 사랑, 나의 어여쁜 자야 일어나서 함께 가자.

아가 2:10

하나님께서 나를 사랑하시고 어여쁜 자라고 말씀해주시므로 새 힘을 얻고 자리에서 일어섰다. 하나님께서는 사모의 기도를 제일 잘 들어 주시는 것 같다. 무릎 꿇고 주님만 불러도 문제들이 해결된 모습을 볼 수가 있다. 마음 편히 아플 수도 없는 자리가 사모의 자리이다.

나는 세 가지 중독으로 아파하며 사모의 사명을 감당했으니 죽지 않을 만큼 힘들었다. 지금은 이 모든 것이 하나님의 은혜라고 외치고 다니지만, 그때만 해도 하나님은 내 편이 아닌 것 같았다.

어느 토요일이었다. 교회 청소하는 분들을 위해서 간식거리를 사서 교회로 향하는 중이었다. 그런데 교회 식당에서 내 이야기로 꽃을 피웠다. 자세히 들어보니 맛있게 나의 흉을 보고 있었다.

"요즘 사모님 얼굴 봤어요? 엄청 살찐 거 같죠? 맛있는 거 혼자 다 먹나 봐요."

그럴 만도 하다. 그땐 한참 식이장애로 고생하고 있을 때였으니 얼굴도 과도히 부어 있었고 다 토해 내지 못했던 음식들은 살로 갔었다. 이런 소리를 들으니 화가 났다. 간식으로 사 갔던 떡볶이 순대 붕어빵 오뎅을 사택으로 가져가서 다 먹고, 손가락을 넣어 토해 냈다.

목에 음식이 찰 때까지 먹고는 토해 내었다. 그 많은 음식을 나 혼자 다 먹고 토해 내었다. 그리고는 죄책감에 하나님께 울며 기도

했다. 그땐 참으로 여렸고 상처도 잘 받았다. 치유되지 못했던 삶은 그랬었다. 초등학교 다니던 딸과 유치원생이던 아들은 그런 상황이 마치 익숙한 듯 그냥 바라만 보았다. 이 아이들이 다 커서 딸은 시집갈 나이가 되었고 아들은 대학생이니 참으로 자랑스럽다.

사실 그때의 아픔들이 있었기에 지금의 단단한 내가 있는 것이다. 그래서 중독자와 사모들과 마음이 상한 자들을 전심으로 위로할 수 있다. 그렇다. 과정이란 것이 반드시 필요하다. 그냥 하나님께서 쓰시는 사람들은 한 명도 없다. 아파 보았기 때문에 그들을 위해 울어 줄 수 있지 않은가?

하나님과 독대하는 사모

> 야곱은 홀로 남았더니 어떤 사람이 날이 새도록 야곱과 씨름 하다가 자기가 야곱을 이기지 못함을 보고 그가 야곱의 허벅지 관절을 치매 야곱의 허벅지 관절이 그 사람과 씨름할 때에 어긋났더라.
>
> 창세기 32:24-25

나는 가끔 하나님과 씨름 하는 기도를 할 때가 있다. 응답하실 때까지 야곱처럼 기도할 때가 있다. 그것은 무조건 달라고 떼를 쓰며 어린아이 같은 기도를 뜻하는 것은 아니다. 문제 앞에서 하나님께 묻는 것이다. 이 부분에서 때로는 시름 하는 기도가 되기도 한다. 그런 기도도 필요하다고 본다. 하나님은 어떤 방법이든 자녀들에게 좋은 걸 주시는 것은 확실하다. 그러나 구하지 않고 받을 생각을 하는 것은 바른 믿음은 아니다.

구하라 그리하면 주실 것이요 찾으라. 그리하면 찾아낼 것이요. 문을 두드리라. 그리하면 너희에게 열릴 것이니. 구하는 이마다 받을 것이요. 찾는 이는 찾아낼 것이요. 두드리는 이에게는 열릴 것이니라. 너희 중에 누가 아들이 떡을 달라 하는데 돌을 주며 생선을 달라 하는데 뱀을 줄 사람이 있겠느냐? 너희가 악한 자라라도 좋은 것으로 자식에게 줄 줄 알거든 하물며 하늘에 계신 너희 아버지께서 구하는 자에게 좋은 것으로 주시지 않겠느냐.

마태복음 7:7-11

하나님께 구하며 하루를 시작한다. 기도하지 않고 시작하는 날은 거의 없다. 문제가 생기면 더 기도 자리를 찾는다. 답은 성경에 있기 때문이다. 어떠한 답도 성경에 기록되어 있지 않은 것은 없다. 하나님께 구해서 응답받아본 사람은 이 느낌을 알 것이다. 문제가 해결하는 것만이 응답은 아니다. 때로는 기다리라고 말씀하실 때도 있고 아니라고 말씀하실 때도 있다. 모든 것은 하나님의 계획 속에 있다.

육의 것을 구하는 것은 바른 기도가 아니다. 하나님은 이미 우리의 쓸 것을 다 아신다고 했다. 그리고는 적당한 시기에 예비해 놓으신 것을 주신다.

신학교 1학년 때 남편을 만나서 1년 교재 후 신학교 2학년 때 결혼했다. 결혼해서도 계속 공부를 했던 나에게 전도사사례비로 할 수 있는 것은 하나도 없었다. 결혼하자마자 소위 '허니문 베이비'가 생겼다. 만삭이 다 되었는데도 학교에 다녔다.

남편이 신대원 준비하느라 도서관에서 공부할 때였다. 집에 혼자 있는 것이 싫어서 남편 따라 만삭의 몸으로 함께 도서관을 갔다. 저녁이 되어 가는 시간이었다. 그때 당시 가진 돈은 오백 원 정도 있었다. 분명히 밥을 먹고 왔는데 도서관 옆 매점에서 방금 나온 떡이 진열된 것을 보았다. 먹고 싶었다.

'하나님 저 떡 먹고 싶어요.'

그때였다.

"전도사님 마침 떡이 하나 남습니다. 이 떡 사모님 드리세요."

너무 놀랐다. 방금 기도했는데 즉시 응답받는 것은 이날이 처음이었다. 그 날 이후 유독 먹을 것에 대해 기도만 하면 바로 내 눈앞에 있는 것이다. 결혼 안 하고 살리라고 다짐했던 나는 친구들에 비해 더 일찍 결혼했고 열심히 공부해도 떨어진다는 총신대학원에 남편은 한 번에 합격했다.

아내와 뱃속에 아이를 생각해서 월요일부터 금요일까지 학교에서 공부하고, 토요일에는 어김없이 노가다에서 일하여 맛있는 것을 사주었다. 그 덕분에 아이는 뱃속에서 잘 자라 주었고 세상에 태어나 존귀한 자로 살고 있다.

하나님은 우리의 작은 신음에도 응답하시는 분이시다. 7년 만에 둘째가 생겼다. 그런데 요 녀석이 세상을 빨리 구경하고 싶은 모양이었다. 4개월 때 뱃속에 있어야 할 아이가 이 세상에 나오려 한다는 것이다. 이 아이를 갖기 전에 여러 번 유산의 경험을 한 나는 배를 움켜잡고 날마다 기도하기를 쉬지 않았다.

그리고 내가 할 수 있는 한 최선을 다해 안정을 취했다. 그 결과 아이는 건강하게 태어났고 우리의 기쁨이 되었다. 엄마의 눈물어린 기도를 먹고 태어나서 그런지 아들은 사랑이 많고 정이 많은 따뜻한 사람으로 잘살고 있다.

기도해야 하나님의 사람으로 살 수가 있다. 기도하지 않았는데 밥을 먹고 물을 마시고 하고 싶은 것을 한다는 것은 살아있으나 죽은 것이다. 그리고 기도도 바르게 해야 한다. 하나님께서 받지 않으시는 기도도 있다는 것을 기억해야 한다.

> 이 세상이나 이 세상에 있는 것들을 자랑하지 말라. 누구든지 세상을 자랑하면 아버지의 사랑이 그 안에 있지 아니하니. 이는 세상에 있는 모든 것이 육신의 정욕과 안목의 정욕과 이생의 자랑이니 다 아버지께로부터 온 것이 아니요. 세상으로부터 온 것이라. 이 세상도 그 정욕도 지나가되 오직 하나님의 뜻을 행하는 자는 영원히 거하느니라.
>
> 요한일서 1:15-17

함께 기도하는 것은 중요하다. 그러나 하나님과 나만의 관계 속에서 독대하며 기도하는 것은 제일 중요하다. 이때 하나님의 은혜와 사랑을 가슴 떨리도록 느낄 수 있다. 오늘도 조용히 그분께 나아가련다.

춤을 춰야 사는 사모

성경을 깊게 읽다 보면 대부분 하나님의 인도하심에 감사하며 기쁨과 승리를 춤으로 표현한 부분들이 나온다. 특별히 구약성경에서 자세히 기록되어 있다.

> 할렐루야 새 노래로 여호와께 노래하며 성도의 모임 가운데서 찬양할지어다. 이스라엘은 자기를 지으신 이로 말미암아 즐거워하며 시온의 주민은 그들의 왕으로 말미암아 즐거워할지어다. 춤추며 그의 이름을 찬양하며 소고와 수금으로 그를 찬양할지어다.
>
> 시편 149:1-3

이뿐만이 아니다. 극심한 슬픔과 아픔이 있을 때도 춤을 추었다. 그리고 모든 것을 춤으로, 승화시키는 부분들이 나온다.

주께서 나의 슬픔이 변하여 춤이 되게 하시며 나의 베옷을 벗기고 기쁨으로 띄우셨나이다.

시편 30:11

특별히 다윗은 하나님의 큰 은혜를 접하면서 감사와 찬양의 마음을 춤으로 승화시키는 부분이 성경에 기록되어 있다. 주변의 사람들을 의식하지 않았다. 하나님께 자신을 온전하게 드러내기 위해서 춤을 추었다.

이뿐만 아니다. 신약성경에도 탕자의 비유를 보면 탕자가 회개하고 돌아왔을 때 춤을 추었다.

이 내 아들은 죽었다가 살아났으며 내가 잃었다가 다시 얻었노라 하니 그들이 즐거워하더라. 맏아들은 밭에 있다가 돌아와 집에 가까이 왔을 때에 풍악과 춤추는 소리를 듣고.

누가복음 15:24-25

이 비유가 나를 향한 하나님의 지극한 사랑이라고 느껴졌다. 또한, 하나님이 택하신 자녀들에 향한 사랑이다. 하나님께서 가장 기뻐하시는 것은 죄인이 회개하고 돌아오는 것임을 보게 된다. 그렇다. 나는 여러 번 죽었었다. 그러나 인격적인 하나님께서 내게 강하게 임하심으로 다시 살아났다.

나는 춤을 춰야 사는 사모이다. 하나님의 인도하심과 나를 향한 그분의 사랑으로 날마다 춤을 추며 살아가고 있다. 예전에는 온통 슬픔뿐이라고 생각했으나 이제는 기쁠 때 기뻐할 수 있고 슬플 때 슬퍼할 수 있는 사람이 되었다.

사모는 하나님 앞에서 많이 우는 사람들이다. 특히 나는 눈물이 많은 사람이다. 그래서 내가 추는 춤은 거의 슬픔을 표현 한 춤이었다. 그러나 지금 추는 춤은 기쁨의 눈물을 흘리며 추는 춤이다. 그렇다고 기쁜 일만 있어서 기쁨의 춤을 추는 것은 아니다. 고난이 있어도 역경이 있어도 하나님을 믿는 믿음으로 추는 춤이다.

내 삶의 모든 부분에 춤을 빼고는 말할 수 없다. 심지어 외할머니가 투병 중일 때도 하나님을 높이는 춤을 만들었다. 그때 병실에서 할머니를 바라보며 만든 춤을 잊을 수가 없다. 내가 살아가는 힘은 오직 하나님 한 분 때문이다. 이○○ 안수집사님께서 글을 쓰신 것에 최○○ 안수집사님께서 곡을 만드셨고 내가 몸 찬양을 만들어서 하나님께 올려드렸다.

내가 살아가는 힘

지금 내가 살아가는 힘은
주님이 주시는 은혜로 인함이라
내가 지금까지 살아온 삶도

주님 주신 사랑의 힘이라
수 없이 힘든 삶의 길에서도
변함없이 주님이 주신 사랑은
나를 살아가게 하시네. 나를 살아오게 하시네
지금 내가 살아가는 이 순간도
아프고 힘들지만
주님이 위로 자 되시니 기뻐하리라
고통 중에 주님께 기도할 때에
따스한 미소로 손잡아 주시며
언제나 변함없이 사랑하시며
힘주시는 나의 주께 고백합니다
사랑해요

이렇게 날마다 춤을 춘다. 나는 하늘나라의 춤꾼이다. 아무리 좋은 세상의 노래와 가사가 있다고 해도 그런 곡에 춤을 추지는 않는다. 그리고 안무도 만들지 않는다. 오래전에는 세상 노래에 맞추어 춤도 추었고 안무도 구상했다. 그런데 지금은 하지 않는다. 나의 몸을 온전히 거룩한 산제사로 그분께만 올려드리고 싶기 때문이다.

교회와 가정을 살리는 사모

사모가 살아야 교회도 가정도 산다. 이것은 내 삶을 통해서 역사하신 하나님으로 인하여 확실히 느낀 부분이다. 사모가 슬퍼하고 아프면 교회와 가정도 아프다. 사모가 없거나 아픈 교회가 성령이 충만한 교회가 있는지를 자세히 들여다보라. 잠시 동안은 그럴 수 있을지 몰라도 장기적으로 볼 때는 아니다.

사모를 아프게 하지 마라. 어떠한 방법을 써서라도 사모를 살려야 한다. 사모들의 남다른 가슴앓이를 아는가? 큰 교회는 큰 교회대로 작은 교회는 작은 교회대로 사모는 고민이 많다. 물론 그 고민을 대부분 하나님 앞에 쏟아 낸다. 그때마다 주시는 하나님의 위로와 은혜가 있다.

사모의 눈물 어린 기도가 있었기에 한국교회가 있다는 것을 알아야 한다. 목사는 소위 목회만 잘하면 된다. 그러나 사모는 목회도 도와야 하지만 가정도 살려야 한다. 그러면서 성도들이 마음도 헤아려야 한다. 그야말로 철인이어야 한다. 운동에서 '철인경기(한 선수가 수영 싸이클 마라톤의 3가지 종목을 실시하는 경기)'를 하는 선수들은 주변에서 뭐든 잘 먹이고 최선을 다해서 돕는다.

한국교회의 사모들을 보라. '철인경기'를 하듯이 '죽으면 죽으리라' 모든 부분에서 최선을 다해 돕는다. 그러나 교회가 평안하면 아무런 말이 없지만, 고난만 오면 사모를 향한 불만들이 얼마나 많은가?

내가 심한 우울증과 불면증으로 병원을 찾았을 때 의사는 지극정성으로 나의 말에 귀를 기울여주었고 약도 처방해 주었다. 그러나 교회는 어떠한가? 목사만 보이고 사모는 보지 못한다. 구석에서 다른 사람들이 모르는 눈물을 흘리며 기도하는 사모를 보길 바란다.

성도들 중에 문제가 생기면 사모는 그 문제를 놓고 하나님께 부르짖는다. 성전에서 부르짖을 수도 있고 개인의 골방에서 부르짖을 수도 있다. 함부로 사모를 판단해서 상처 주지 않길 바란다. 적어도 목숨 걸고 하나님께 아뢰는 사람이다.

사모는 바쁘다. 몸도 마음도 너무 바쁘다. 목사가 부르면 달려갈 준비를 하고 있어야 하고 가정에 문제가 생기면 이것 또한 사모의 몫이 된다. 그리고 성도들의 고민을 들어 주어야 한다. 한 시간 때로는 3, 4시간도 들어 주어야 한다. 체력소비도 대단하다. 그래서 잘 먹어야 한다.

이 시대에 가장 필요한 것은 영 분별이라고 생각한다. 하나님이 역사 하는 곳에 사탄도 장난친다. 그러나 분별을 못 하면 성령의 역사하심보다 사탄의 속삭임으로 움직이는 것을 많이 보게 된다. 직분자들이라고 해서 모두가 분별력이 있는 것은 아니다. 대부분이 사탄의 올무에 넘어져서 상처를 주고 상처를 받는다.

하나님의 영이 함께 하는 사람들은 분별한다. 즉 말씀과 기도로 깨어 있는 사람들이다. 말만으로는 누구나 기도해야 한다고 말할 수 있다. 그러나 하나님 앞에 전심으로 부르짖는 사람은 정말 찾아보기 힘든 시대를 살고 있다.

> 그러므로 형제들아 내가 하나님의 모든 자비하심으로 너희를 권하노니 너희 몸을 하나님이 기뻐하시는 거룩한 산 제물로 드리라. 이는 너희가 드릴 영적 예배니라. 너희는 이 세대를 본받지 말고 오직 마음을 새롭게 함으로 변화를 받아 하나님의 선하시고 기뻐하시고 온전하신 뜻이 무엇인지 분별하도록 하라.
>
> 로마서 12:1-2

하나님께서는 특별히 사모들에게 많은 관심과 사랑을 가지고 계신다. 힘들고 어려울 때마다 묵묵히 한자리에서 기도하는 사모의 눈물 어린 기도에 귀를 기울이신다. 그러나 모든 사모의 기도를 들으시는 것은 아니다. 영에 속한 사모의 기도를 들으신다.

사모도 하나님께 상한 감정들을 치료받아야 한다. 상처를 하나님께 가지고 나와서 기도해야 한다. 교회와 가정에서 받은 상처들을 오래 두지 말라. 바로 하나님께 가지고 나와서 기도하고 사람과도 푸는 것이 바른 방법이다. 그러나 사람과 관계회복은 즉시 될 수도 있지만, 많은 시간을 인내하며 기다려야 할 수도 있다. 그저 하나님의 섭리 속에 맡기는 것이다.

나는 중독자였다. 그리고 사모이다. 이 말을 하는 이유는 사모들 중에 중독자들이 있기 때문이다. 이들은 대부분 숨긴다. 사모가 그렇다는 것을 받아주고 이해해주는 곳이 없기 때문이다. 나는 나를 정직하게 알리면서 하나님의 기름 부으심을 더 강하게 느꼈다.

하나님 앞에 정직하게 삶을 되돌아보고 전심으로 기도하는 사모가 많아지길 간절히 소망한다. 사모에게도 후원자가 필요하다. 기도의 후원자 물질의 후원자 사모의 이야기를 들어줄 후원자가 필요하다. 사모가 전인 치유가 되면 교회와 가정은 자연적으로 살아날 수 있다.

사모도 지극히 사람이다

나는 재능이 많은 사람이다. 결코, 자랑이 아니다. 성경에 달란트 비유가 나온다. 달란트 비유를 통해서 하나님께서는 말씀하신다.

> 각각 그 재능대로 한 사람에게는 금 다섯 달란트를, 한 사람에게는 두 달란트를, 한사람에게는 한 달란트를 주고 떠났더니.
>
> 마태복음 25:15

하나님께서는 어떤 기준에서인지는 몰라도 각자에게 달란트를 주신다. 다섯 달란트를 준 사람도 있고 두 달란트를 준 사람도 있고 한 달란트를 준 사람도 있다. 그런데 문제는 달란트를 많이 준 사람에게는 많은 것을 남기기를 원하신다. 그렇기 때문에 달란트를 많이 받았다고 좋아할 일만은 아니다. 그만큼 더 많은 수고와 노력과 헌신이 필요한 것이다. 그래서 나는 더 많이 노력하고 있다.

학창시절 발라드 가요를 좋아했다. 그래서 곧잘 따라 부르기도 했다. 워낙에 감성적인 나는 가요를 부르면서도 울었던 적이 여러 번 있다. 중학교 2학년 때가 사춘기였다. 그때 다양한 가요를 불렀었다. 한때는 라디오를 통해 들려오는 감미로운 가요 속에 빠져 살았다.

사모가 된 후 가요는 금기사항이 되었다. 기독교인이 가요를 부른다는 것은 지탄의 대상이었다. 그런데 사모가 가요를 부른다고? 말도 안 되는 것이었다. 그런데 나는 가끔 동전노래방을 이용하여 노래를 불렀다. 최대한 교회와 사택에서 먼 거리에 있는 지역으로 가서 불렀다. 혹여나 나를 알아보는 사람이 있을까 봐 모자도 쓰고 갔었다.

살면서 소리 지르고 싶을 때가 많았다. 내 말을 온전히 들어줄 사람이 필요했다. 그러나 누구도 들어줄 만한 상대가 없다고 생각했다. 이런 생각을 할 때는 그럴 이유가 있었다. 언제였던 일인지 기억이 잘 나지는 않지만, 사모가 된 지 얼마 안 되어서 있었던 일인듯하다. 나에 대한 말도 안 되는 소문들이 돌아다닐 때였다. 평소에 가까이 지내던 모 집사님에게 이 부분을 하소연하며 울었다. 그런데 그 다음 날 나는 더 형편없는 사람이 되어 있었다.

그 후 다른 사람들에게 내 마음을 드러낸 적이 없었다. 혼자 아파해야 했고 혼자 풀어내야 할 숙제들이 많았다. 하나님께 기도 한다고 금방 응답이 되는 것도 아니었기에 나름 많이 힘들었다. 그럴 때 가끔 동전노래방에서 소리 높여 노래를 불렀다. 한 시간쯤 그렇게 하고 나면 속이 시원했다.

사모가 된 후 이중적인 삶을 살았다. 많이 아픈 날에도 여전히 예배 때만 되면 함박웃음으로 성도들을 맞이해야 했다. 남편과 다툰 날도 집안에 문제가 생겨도 모든 예배시간에는 웃음을 잃지 않았다. 이유는 단 한 가지이다. 성도들에게 이야깃거리가 되지 않기 위해서였다.

사모도 사람이다. 아프면 화장도 안 하고 예배시간에 앉아있을 수도 있고 새벽예배도 빠질 수 있다. 사모에게도 부모님들도 계시다. 그분들을 동일하게 돌아보아야 한다. 그래서 교회를 비울 수도 있다. 어쩜 오랜 시간 비워야 할 때도 있다. 너무 궁금해하지 말라. 그럴 시간에 사모를 위해 기도해 주는 것이 맞다.

사모도 실수할 수 있는 사람이다. 사모라고 실수하면 안 된다는 법이 있는가? 사모도 싫어하는 사람이 있다. 사모도 교회에서 싸우고 싶을 때도 있다. 말도 안 되는 말이 아니냐고 큰 소리로 말하고 싶을 때도 있다.

사모도 중독이 있을 수도 있다. 이 세상에 모든 사모가 나와 같은 삶을 살지는 않았을 것이다. 그러나 사모에게도 극심한 중독이 찾아올 수 있다. 그러면 병원을 찾아야 하고 기도요청도 해야 하고 약도 먹어야 한다. 숨겨서 해결되는 것은 하나도 없다. 그렇다고 무조건 사람들에게 힘든 상황을 말하라는 것은 아니다. 그래서 분별력이 필요하다.

사모들이 정말 건강했으면 좋겠다. 아는 사모들만 해도 암에 걸려 있거나 암으로 천국에 가신 분들이 많다. 정말 많다. 스트레스를 차곡차곡 쌓아두면 병에 걸릴 수밖에 없다. 최대한 스트레스가 쌓이지 않게 취미생활도 하고 여행도 다녀 보길 소망한다. 사모가 건강해야 교회가 건강할 수 있기 때문이다.

목사만 사명자가 아니다. 사모도 사명자이다. 사모도 하나님께서 부르신 소명의식이 있는 사람이다. 소명의식이 분명한 사모들은 아무리 어려운 환경이 찾아온다고 해도 공포에 떨거나 그 자리를 박차고 도망가지 않는다. 만약에 여러 번 이런 문제로 힘들어하고 있는 사모들은 다시금 하나님 앞에서 자신의 소명의식을 발견하길 바란다.

사모도 사람이지만 거룩한 사람이어야 한다. 사모가 거룩함이 무너지면 교회는 금방 병들게 되어 있다. 하나님의 사랑을 입은 귀한 사모들이여 거룩함으로 세상을 향해 담대히 웃으며 나아가길 소망하다.

Part 4

하나님이 노크하시다

너희 염려를 다 주께 맡기라. 이는 그가 너희를 돌보심이라. 근신하여 깨어라. 너희 대적 마귀가 우는 사자 같이 두루 다니며 삼킬 자를 찾나니. 너희는 마음을 굳건하게 하여 그를 대적하라. 이는 세상에 있는 너희 형제들도 동일한 고난을 당하는 줄을 앎이라. 모든 은혜의 하나님 곧 그리스도 안에서 너희를 부르사. 자기의 영원한 영광에 들어가게 하신 이가 잠깐 고난을 당한 너희를 친히 온전하게 하시며 굳건하게 하시며 강하게 하시며 터를 견고하게 하시리라.

베드로전서 5:7-10

하나님이 노크하시다

하나님께서는 언제나 나에게 따뜻하고 소망의 말씀으로 노크하신다. 지금까지의 내 삶은 온통 하나님의 말씀으로 다가오셨다. 힘들어서 지쳐 있고 각종 중독으로 눈물 흘릴 때도 대학교 1학년 때에 큰 아픔의 길목에서도 사모의 삶이 힘겨워 식음을 전폐하고 있을 때도 그분은 나에게 말씀하셨다.

> 오직 강하고 담대하여 나의 종 모세가 네게 명령한 네게 명령한 그 율법책을 다 지켜 행하고 우로나 좌로나 치우치지 말라. 그리하면 어디로 가든지 형통하리라. 이 율법 책을 네 입에서 떠나지 말게 하며 주야로 그것을 묵상하여 그 안에 기록된 대로 다 치켜 행하라. 그리하면 네 길이 평탄하게 될 것이며 네가 형통하리라. 내가 네게 명령한 것이 아니냐. 강하고 담대하라. 두려워하지 말며 놀라지 말라. 네가 어디로

가든지 네 하나님 여호와가 너와 함께 하느니라 하시니라.

여호수아 1:7-9

하나님께서는 언제나 말씀으로 내게 응답하셨고 기도의 자리로 가게 하셨다. 하나님과 깊게 만날 때는 언제나 평온함을 유지 할 수가 있었다. 그러나 이러한 것이 하루아침에 되는 것이 아니다. 나름 많은 노력을 했고 온갖 시행착오 속에서 다듬어진 것이다.

여호와께서 임하여 서서 전과 같이 사무엘아, 사무엘아, 부르시는지라 사무엘이 이르되 말씀하옵소서. 주의 종이 듣겠나이다. 하니 여호와께서 사무엘에게 이르시되 보라. 내가 이스라엘 중에 한 일을 행하리니. 그것을 듣는 자마다 두 귀를 기울리라.

사무엘상 3:10-11

사무엘을 부르실 때, 사무엘은 하나님의 말씀을 온전히 들었다. 그리고 기대했을 것이다. 하나님께서 하실 일들에 소망을 품었을 것이다. 나도 그랬다. 하나님께서 하시는 일에는 실수가 없기 때문에 언제나 설렜다.

하나님께서 성경 말씀으로 말씀하실 때는 강하게 노크하는 것을 알 수 있었다. 혹여나 내가 둔하거나 영적으로 충만하지 않을 때도 하나님께서는 깨달을 때까지 쉬지 않고 노크하셨다. 이럴 때는 하는 모든 일을 중단하고 하나님께서 하시고자 하는 말씀을 듣기에 집중했다. 금식 기도, 철야 기도, 작정 기도 등을 하면서 하나님의 뜻을 찾고자 애를 썼다.

사모가 되고 2년쯤 흐른 때의 일이다. 사모의 자리가 너무 힘들었다. 그래서 하나님께 기도했다.

'하나님 저 사모하기 싫어요. 사모 안 하고 살면 안 되나요?'

그때는 너무도 다급하셨는지 말씀을 통하여 금방 응답해 주셨다. 지금까지의 삶은 말씀과 함께하는 삶이었다. 하나님께서 말씀하셔도 나의 자아가 강하면 실패하거나 넘어지게 하셨다. 그러고 나면 깨달음이 남달랐다.

'그렇구나 하나님께서 말씀하셨어도 그것을 내가 하려고 하면 안 되는구나.'

"하나님 우리 목사님은 왜 이렇게 기도를 안 할까요? 온통 자신의 방법으로 사역하네요. 사모의 말은 들을 기색이 없네요."

크게 울부짖으며 기도했다. 하나님께서는 내게 말씀해주셨다.

'사랑하는 에스더야 내가 그도 너와 같이 사랑한단다. 내가 그를 목사로 불렀다. 너는 그를 위해 기도만 하렴.'

그렇다. 내가 누구를 탓할 인물인가? 그냥 답답해서 울며 기도했는데 하나님의 말씀은 부드러우면서도 단호했다.

"하나님 저 집사님들은 왜 저렇게 서로를 못 잡아먹어서 난리인가요. 도대체 누가 잘못 한 것이죠?"

'사랑하는 에스더야 내가 나의 때에 합력하여 선을 이룰 것이니 너는 기도만 해라.'

그날 이후 나는 모든 것에 기도 외에는 행하지 않는다. 행해야 할 때도 충분히 말씀과 기도 후에 행한다. 이렇게 하나님과의 시간을 갖는 것이 가장 행복하다. 하나님께서는 오늘도 내게 노크해 오신다.

"사랑하는 내 딸 에스더야 오늘 내가 너를 부른 이유가 있단다."

기도하는 시간에 때론 개인적인 취미 활동 시간에도 하나님께서 내게 노크하시면 언제나 나는 조용한 장소를 찾았고 기도하며 말씀을 보았다. 그러면 하나님께서 나를 찾으신 이유를 발견했다.

가방 속에는 성경책이 늘 함께 있다. 어디를 가든 말씀을 읽을 수 있도록 항상 동행하고 있다. 때론 화장실에서 차 안에서 심지어 걸어가다가도 말씀이 생각나면 준비해 둔 노트에 적는다. 이렇게 하루하루를 하나님과 동행하며 그분의 노크하심에 순종할 수 있도록 준비를 하고 살고 있다.

대학교 동아리에서 하나님을 만나다

○○ 대학교에서 신입생 파티가 과별로 유난스럽게 행해지고 있었다. 그리고 학교 들어가는 입구에 각종 동아리에서 본격적으로 동아리 홍보에 나서기 시작했다. 그때 유독 내 눈에 들어온 동아리가 있었다. 기독교 선교단체의 모임이었다. 나는 CCC 대학교 선교단체에 가입하게 되었다. 이곳은 예배 때마다 너무 뜨거웠다.

"하나님께서는 오늘도 여러분을 선교사로 부르고 있습니다. 세계 여러 곳곳에 아직도 예수님을 모르고 방황하며 살고 있는 많은 사람이 있습니다. 우리는 선교사입니다. 그들에게 예수그리스도에 대해 말하고 전도해야 합니다."

대표 순장님의 말이었다. 그리고는 선교사가 되어 세계로 나가야 한다고 강조했다. 결단의 시간이 왔다. 선교사가 될 사람은 자리에서 일어나라고 했다. 거의 모두가 일어났다. 눈을 살짝 떠보니 몇몇을 제외하고는 모두가 일어났다. 그 몇몇에 나도 있었다. 꼭 일어나야 하는 분위기이기에 어느덧 나도 일어서서 부르짖고 있었다. 분위기 파악은 잘하였다.

나에게도 두 명의 순원이 있었다. 순장이 되고 보니 나의 순장님이 나를 위해 얼마나 기도했는지가 느껴졌다. 채플 시간이 다가오는데 꼭 온다고 했던 순원들이 오지 않아서 애태웠던 적이 있다. 우리 모두 그런 듯하다. 하나님은 나를 구원해 주고 싶어 하시는 간절함이 있는데 우리는 얼마나 많이 외면하며 살고 있는가? 나도 그때 그 시절은 몰랐다.

> 그들이 모였을 때에 예수께 여쭈어 이르되, 주께서 이스라엘 나라를 회복하심이 이때니이까. 하니 이르시되 때와 시기는 아버지께서 자기의 권한에 두셨으니 너희가 알 바가 아니요. 오직 성령이 너희에게 임하시면 너희가 권능을 받고, 예루살렘과 온 유대와 사마리아와 땅끝까지 이르러 내 증인이 되리라 하시니라.
>
> 사도행전 1:6-8

그렇다. 모든 일에 때와 시기는 그분만이 알고 계신다. 다만 성령의 충만하심을 덧입고 우리는 하나님의 증인이 되는 삶을 살아야 한다. CCC 선교단체에서 금식 수련회를 ○○ 기도원에서 가진 적이 있었다. 모태신앙이었고 기도는 늘 했었지만, 성령 충만은 왠지 낯설었다.

금식 마지막 날이었다. 너무 지치고 피곤해서 잠시 쉬고 있는데 꿈을 꾸었던 것일까? 꿈속에서도 기도하고 있었다. 그때 십자가가 찬란한 빛으로 내게 다가오는 모습을 보고 놀라서 잠을 깨었다. 그런데 신기한 것은 그 이후 금식을 마무리할 때까지 어디서 힘이 나왔는지 씩씩하게 금식을 끝내고 노방전도까지 기쁨으로 했다. 이것이 성령 충만이 아닌가? 생각했다.

그 후 학교생활에도 많은 활력이 되었고 캠퍼스에서도 전도하는 것이 부끄럽다거나 힘들다고 생각하지 않았다. 이런 기쁨도 잠시였고 앞서 언급했던 아픔들이 찾아와서 집에만 있게 되었다.

순장님이 우리 집에 찾아왔다. 학교에서도 볼 수가 없고 모임에서도 볼 수가 없으니 답답했을 것이다. 이때 이미 나름 여자로서 당하지 말았으면 좋았을 사건을 접한 후였고 병원 치료도 받은 상태였기에 사람 만나는 것을 두려워했다. 아무것도 모르는 순장님은 그냥 돌아가야 했었다.

하나님께서는 모든 것을 선하게 인도 하신다. 그러나 하나님의 때를 구하는 것은 내가 해야 할 일이다. 그래서 오늘도 조용한 중에 주님의 음성을 듣기 위해 성경책을 가지고 예배당으로 향한다.

신학을 하며 알게 된 인격적인 하나님

> 여호와께서 그들 앞에서 가시며 낮에는 구름 기둥으로 그들의 길을 인도하시고 밤에는 불기둥을 그들에게 비추사 낮이나 밤이나 진행하게 하시니.
>
> 출애굽기 13:21

신학교의 아침은 새벽부터 바쁘다. 새벽예배가 끝나면 나는 바로 운동장으로 향했다. 운동장 10바퀴를 도는 것이 일상이었다. 그리고 아침을 먹고 채플을 드린 후 수업을 들었다. 신학을 하면서 하나님과 많이 가까워졌다. 아침 점심 저녁에 시간을 정해 놓고 하나님께 기도했다. 비나 오든 눈이 오든 상관없이 정해 놓은 시간은 늘 하나님 앞에 있었다.

"하나님 당신이 원하시는 저의 삶은 무엇인가요?"

기도할 때마다 물었던 내용이었다. 하나님께서는 그날에 알맞은 말씀을 주셨다. 말씀에 깊이 젖어들었고 말씀 때문에 그 날을 살아갈 수 있었다. ○○ 전도단을 통해서 더 기도하는 일에 전진하게 하셨다. 감기로 힘든 어느 날이었다. 이날도 변함없이 아픈 몸을 이끌고 전도단과 함께 전도하러 갔다. 율동과 함께 복음 송을 불렀다.

"복음 들고 산을 넘는 자들의 발길 아름답고도 아름답도다. 평화 전하며 복된 소식을 외치네. 주 다스리시네. 주 다스리시네. 주 다스리시네."

찬양과 함께 율동으로 성령 충만해졌다. 그리고 전도하기 시작했다. 전도한 사람들을 이웃교회에 등록시켜 주는 일까지 했다. 그러는 중 감기는 이미 말끔히 나아 있었다. 이날의 체험으로 아무리 힘들고 아픈 날에도 하나님께 드려야 할 시간을 범하는 행동을 거의 하지 않았다.

식이장애를 안고 신학을 해야 했던 나이기에 하나님의 은혜를 간구하고 사모하는 열정은 깊었다. 몸은 쉽게 지쳤으나 하나님의 일을 하는 곳에서는 늘 열정적이었다.

기숙사에서도 방장을 통해 예배는 계속되었다. 그때 우리 방 방장이었던 ○○ 언니는 나에게 잘해주었다. 학교에서 힘든 일이 있을 때 이야기를 하면 지혜로운 방법들을 제시해 주었다.

삶에 모든 부분이 예배였다. 이때 알게 된 사실이 있었다. 삶이 예배가 되어야 하고 예배가 삶이 되어야 한다는 사실이었다. 작은 일에서부터 큰일까지 하나님께 가지고 나갔다. 물어보고 응답이 있어야 행동했었다. 다른 부분에서는 몰라도 신앙 부분에 있어서는 아주 보수적이었다.

○○ 전도단에서 여름 수련회를 떠나는 날이었다. 일주일을 전도하며 전국을 일주했다. 그리고 쉴 곳이 생기면 그곳에서 쪽잠을 자고 다시 다른 곳으로 이동하여 전도했다.

어느 조그마한 시골교회에 전도사님께서 담임으로 계셨다. 우리는 이곳에서 하루를 쉬기로 했다. 그런데 마침 교회에 여자 집사님이 계셨다. 여자 집사님은 귀신이 들려서 전도사님이 기도하고 계셨고 우리도 함께 기도했다. 모두 취침을 위해 다른 곳으로 이동했는데 나는 계속 그 전도사님과 함께 여 집사님을 위해 기도했다. 그때 담임 전도사님이 하신 말씀을 아직도 기억하고 있다.

"배 전도사님은 사탄을 대적하는 은사가 있는 듯합니다. 전도사님이 기도하면 집사님 속에 있는 귀신이 난리를 칩니다. 조금만 더 저와 함께 기도합시다. 분명히 물리칠 수 있습니다."

애고, 내가? 그냥 난 기도하는 것이 좋아서 기도했을 뿐인데 순종하며 함께 기도했다. 여 집사님은 힘도 무지 셌다. 그리고 교회를 휘젓고 다녔다. 태어나서 이런 광경은 처음이었다. 나도 모르게 앉은 자리에서 벌떡 일어섰다. 그리고는 여 집사님을 향해 소리쳤다.

"나사렛 예수 그리스도 이름으로 명한다. 더러운 귀신아! 집사님에게서 나오고 다시는 집사님을 괴롭게 하지 마라!"

믿음으로 이렇게 말했을 뿐인데 집사님은 그 자리에서 쓰러졌고 고통스러워하더니 거품을 물고 구역질을 하는 것이었다. 사실 너무 당황한 나머지 뭘 잘못했는지 담임 전도사님에게 물었다.

"배 전도사님이 잘못한 거 없어요. 이제 하나님의 때가 되어 배 전도사님을 통해서 역사하신 것입니다."

이 말을 듣고서야 진정했다. 훗날 연락을 해 보아서 알게 된 사실이지만 여 집사님은 그 후로 가정생활은 물론이고 신앙생활도 잘하고 계신다고 했다. 나의 일처럼 기뻤다. 신학교 때의 여러 모양으로 나를 만나 주신 인격적인 하나님을 찬양한다.

깊은 수렁 속에서도 쉬지 않고 일하시는 하나님

깊은 수렁 속에서도 일하시는 하나님이셨다. 적어도 나에겐 그랬다. 지난 세월을 돌아보니 내가 죽으리라 자살시도를 했던 그 순간에도 하나님께서는 동일하게 일하셨다. 나의 가장 큰 아픔인 첫 순결을 이름 모를 만취한 사람에게 잃고 산부인과와 정신병원에서 치료했던 때는 너무 수치스러웠다. 나는 더러운 사람이었다. 그 후 수면제를 사서 모으기 시작했다.

'나 같은 사람이 살아서 뭐해? 아버지도 나를 부끄럽게 생각하고 나도 내 자신이 너무 부끄러워서 집에서 나갈 수가 없는걸. 나는 죽어야 해! 그래야 모든 것이 끝날 수 있어.'

수면제를 53알 모으고 따뜻한 물을 준비해서 수면제와 함께 먹었다.

'하나님 죄송해요. 저는 살아있는 것이 너무 힘든 사람이에요.'

많은 시간이 흐른 듯했다. 눈을 떠 보니 ○○ 병원 응급실에서 위세척을 끝낸 상태였다. 살아있었다. 이렇게 살아난 나는 어렵게 삶을 살아내야 했다. 이것 또한 하나님의 긍휼하심으로 나에게 일하셨던 부분이었다.

이제 결혼도 할 수 없을 것이고 남자를 만나서 연애할 수 있다는 것은 상상도 못 해 보았다. 스무 살의 꽃다운 나이에 심각한 우울증의 늪으로 하염없이 빠져들어 갔다. 그런데도 말씀 읽기와 기도하는 일을 계속했다. 말씀만 읽으면 하나님께서 마치 내 옆에서 속삭이시는 것 같았다.

'에스더 사랑해.'

좋았다. 비록 상황과 환경은 나를 몰라준다 해도 하나님께서는 이런 나에게 계속 말씀으로 위로해 주시고 힘을 주셨다. 그랬기에 7일 금식 기도 후 신학교를 갈 마음도 생겼다.

엄마는 항상 내 옆에서 지원해 주는 강한 성령의 용사였다. 여린 내 마음을 누구보다도 잘 알고 계신 분이셔서 더 많이 나를 위한 기도를 쉬지 않으셨다. 한참 불면증에 시달리고 있었던 때였다.

"에스더 엄마랑 같이 기도하고 같이 잘까?"

사실 엄마는 눈만 감으면 잔다. 엄마가 자는 옆에서 성경 읽는 시간이 나름 좋았다. 그러다가 잠시 잠이 들면 사탄이 참소해 왔다.

"너같이 더러운 년이 뭘 할 수 있겠니?"

화들짝 일어나서 나사렛 예수님의 이름으로 물리쳤다. 이런 일을 수도 없이 반복하던 어느 날이었다. 꿈속에서 사탄은 나를 참소하기 위해 또 다른 형태로 찾아왔다.

"너는 할 수 있는 것이 하나도 없어. 너 같은 것이 뭘 할 수 있겠어? 빨리 죽어!"

꿈속이었는데 너무 선명했다. 무서웠다. 자는 엄마를 깨웠다. 엄마가 기도해 주었다. 그리고 다음 날부터 엄마는 금식하시며 기도하셨다. 사탄의 참소와 유혹은 계속되었으나 무섭다고 생각했던 상황들에 당당하게 맞설 힘이 생겼다.

> 근신하여 깨어라. 너희 대적 마귀는 우는 사자와 같이 두루 다니며 삼킬 자를 찾나니. 너희는 믿음을 굳건하게 하여 그를 대적하라. 이는 세상에 있는 너희 형제들도 동일한 고난을 당한 줄을 앎이니라.
>
> 야고보서 5:8-9

성경에는 마귀를 대적하라고 말씀하시면서 이 세상에 있는 너희 형제들도 동일한 고난을 당한 줄 알라고 하셨다. 말씀대로 살아간다면 무서울 것이 없다는 것을 또 체험했다. 그러나 그때는 너무 어렸고 여렸고 순진해서 사람들의 말에 많이 움직였던 모습이었다.

모두가 안 된다고 말하고 사탄은 죽으라고 하더라도 그 순간 나를 위해 일하시는 하나님을 바라볼 수만 있다면 희망이 있다.

모든 사람이 외면할 때, 찾아오신 하나님

스무 살 때, 시작된 식이장애는 사십이 될 때까지 심했다가 좋아졌다가를 반복했다. 식이가 안정된 날에는 누가 뭐라고 해도 밝았다. 그러나 식이가 흔들릴 때는 나도 함께 흔들렸다. 이런 나에게 따뜻하게 말을 걸어오는 사람은 없었다. 지독히 혼자서 이겨내야만 했다.

교회에서 어떤 일만 하려고 하면 또래 집사님들이 늘 꼬투리를 잡았다. 그 소리가 듣기 싫어서 아르바이트로 입시학원에서 아이들을 가르쳤다. 국어 사회 국사 예체능까지 수학 빼고는 모두 가르쳤다. 이것도 외할머니가 우리 아이들을 돌봐 주시니 가능했던 일이다.

사모가 된 후 외롭다는 생각을 많이 했다. 남편은 교회에 갔고 아이들은 학교에 가서 대화할 상대가 없었다. 외할머니랑 함께 살고 있었지만, 속 이야기를 전부 드러낼 수만은 없었다. 친구가 필요했다. 어떤 이야기를 해도 그냥 들어만 줄 수 있는 친구 말이다.

교회에서 잘해주는 성도가 있어도 속마음을 이야기하지는 않았다. 잘 지낼 때는 '우리 사모님'이지만 조금만 틀어지면 이런 '원수'가 없다는 걸 알기 때문이다. 그냥 들어주는 것이 나의 할 일이었다. 그러나 이야기를 한없이 들어주고 공감해 주시는 분이 계셨다. 하나님이시다.

> 너는 내게 부르짖으라. 내가 응답하겠고, 네가 알지 못하는 크고 비밀한 일을 내게 보이리라.
>
> 예레미야 33:3

내 편은 한 명도 없다고 생각하며 살 때가 있었다. '남편도 내 편이 아니야'라고 생각했었다. 나의 상황을 있는 그대로를 받아주고 응원해 주는 사람은 없었다. 시간이 많이 흐르고 안 사실이지만 그땐 내가 마음의 문을 굳게 닫고 있었다. 나는 가끔씩은 '라이홀더 리버'가 쓴 기도문을 읽기를 좋아했다. 많이 위로가 되었다.

평온함을 청하는 기도

하나님 어쩔 수 없는 것을

받아들이는 평온함을 주시고
어쩔 수 있는 것을
바꾸는 용기를 주시고
그리고 이를 구별하는
지혜도 주소서
하루하루 살게 하시고
순간순간 누리게 하시며
고통을 평화에 이르는 길로
받아들이게 하시고

죄로 물든 세상을
내 원대로가 아니라
앞서가신 분처럼
있는 그대로 받아들이게 하옵시며

당신의 뜻에 순복할 때
당신께서 모든 것을
바로잡으실 것을 믿게 하셔서
이 땅에서는 사리에 맞는 행복을
천국에서는 다함이 없는 행복을
영원토록 누리게 하소서

하나님께서는 언제나 평온함으로 찾아오신다. 여러 가지의 고통으로 울고 있는 나에게 평안함으로 오셨다. 그리고는 다시금 하루를 살아가게 하셨다. 하나님을 뺀 나의 삶은 어떨까? 생각조차도 하기 싫다.

MDiv(목회학석사)를 공부하며 만난 하나님

너희는 이전 일을 기억하지 말며, 옛날 일을 생각하지 말라. 보라 내가 새 일을 행하리니. 이제 나타낼 것이라. 너희가 그것을 알지 못하느냐. 반드시 내가 광야의 길을 사막에 강을 내리니.

이사야 43:18-19

신대원에 가야겠다고 마음먹었을 때 하나님께서 주신 말씀이다. 교통사고 후 집에서 건강을 돌보고 있을 때였다. 가족들은 좀 더 건강해지면 공부하라고 했지만, 소명의식이 불타 있는 나를 말릴 사람은 아무도 없었다.

하나님께서는 환경도 열어 가셨다. 사모가 주 중에 교회에 없다는 것을 어느 교회가 허락한단 말인가 다행이라고 해야 하는지 이 모든 것은 미자립교회로 옮기고 시작된 일이다. 돈이 있었던 것도 아니었다. 온전히 하나님 한 분만 바라보고 선택했다.

교통사고 후 후유증은 대단했다. 말로 표현할 수 없는 고통과 함께했다. 그래도 살아있다는 것이 감사할 뿐이었다. 뼈를 깎는 듯한 아픔은 비가 오는 날, 아주 극심했다. 새벽예배의 알람이 울리면 일어나서 채플실까지 이동하는 데만 30분이 소요되었다. 이렇게라도 새벽예배를 가는 이유는 두 가지이다. 첫 번째는 일어나서 제일 첫 시간을 하나님과 함께하고 싶은 열망 때문이고 두 번째는 학교에 경건일지를 써서 제출해야 했기 때문이다.

눈물샘이 또 터졌다. 날마다 울면서 살았다. 육체의 고통과 함께 날마다 늘어나는 과제로 인한 어려움이었다. 그래서 더 기도했다. 기도할수록 하나님께서는 나를 이끌어 가셨다. 교통사고로 이미 죽었던 내가 아닌가? 그래도 순간순간 내가 살아있다는 것을 느꼈다. 여러 번 죽음의 문턱에 다녀왔던 내가 별일 아닌 것에 예민한 반응을 일으켰고 힘들어했다.

남편과 나는 어쩔 수 없이 주말 부부가 되어서 금요일에 만났고 주일 오후 예배가 끝나면 어김없이 서울행 버스를 탔다. 학교에 가기 위해서였다. 나는 늘 남편에게 조잘거리기를 즐겨 했다. 남편은 이런 나를 외면하지 않고 받아주었다. 학교 가기 전 내가 하는 일이 있었다. 일주일 동안 먹을 반찬을 만들어 놓는 일이었다. 남자들은 참 이상했다. 정성껏 반찬을 만들어 놓고 학교 가는데도 금요일에 오면 반찬은 그대로 있었다. 라면만 먹고 살았단다. 아들은 고등학생이라서 기숙사에 있으니 다행이었지만 남편을 보면 건강이 나빠질 것 같아서 늘 맘이 안 좋았다.

학교에서 헬라어 히브리어 공부하는 것이 참 재미있었다. 그렇다고 점수를 잘 받았던 것만은 아니다. 원문 속에서 하나님의 뜻은 너무도 선명하게 알 수 있는 부분들이 많았다. 신대원 3년 동안 정말 깊이 있는 학문과 신학을 접할 수 있었다. 날마다 새로움이었다. 수업시간이 너무 은혜로웠다. 어느 날 비가 많이 오는 날이었다. 이날은 교통사고 후유증으로 새벽예배도 못 드리고 기숙사에서 누워서 기도하며 울고 있었다. 수업도 못 들어갈 상황이 되었다. 수업이 너무 듣고 싶어서 교수님께 전화를 드렸다.

"○○○ 교수님 제가 오늘 너무 아파서 수업을 들으러 강의실까지 이동이 너무 힘들어요. 어떻게 해요? 정말 수업 듣고 싶어요. 교수님."

배려 많으신 ○○○ 교수님은 카톡 통화로 수업에 참석할 수 있게 해 주셨다. 너무 감사해서 눈물이 났다. 그날 눈물을 흘리며 수업을 들었다. 아직도 ○○○ 교수님을 잊을 수가 없다. 아픈 나를 위해 약을 사다 주는 전도사님이 있는가 하면 먹을 것을 사다 주는 분, 병원까지 데려다주시는 분, 자료 찾는데 힘들어할 때 자료 찾는 것을 도와주시는 분, 하나님께서는 내가 가는 곳마다 예비해 두시고 나를 감동하게 만드셨다. 이렇게 나는 날마다 하나님의 은혜로 살아가고 있었다. 목회학석사를 하며 만난 하나님은 내게 더 인격적으로 다가오셨다.

마지막 학기는 코로나로 인해 줌으로 수업을 해야만 했다. 아쉬움은 있었지만 모든 것은 하나님의 섭리 가운데 있었다. 줌으로 수업을 했기에 외할머니가 천국 가실 때까지 내가 옆에 있어 드릴 수 있었다. 이렇게 내가 졸업하는 날 할머니는 천국으로 가셨고 졸업식에 가지는 못 했지만, 학교에 대한 깊은 사랑과 하나님의 은혜는 잊을 수가 없다.

하나님의 노크를 온전히 받아들이다

하나님께서는 날마다 나를 가까이 두길 원하신다는 것을 깨달았다. 그러기 위해서는 날마다 시간을 정해 놓고 그분 앞에 나아가는 것이다. 기도하면 할수록 선명하게 나의 사명과 함께 그분의 뜻을 알 수가 있었다.

주 여호와의 영이 내게 내리셨으니 이는 여호와께서 내게 기름을 부으사 가난한 자에게 아름다운 소식을 전하게 하려 하심이라. 나를 보내사 마음이 상한 자를 고치며 포로된 자에게 자유를 갇힌 자에게 놓임을 선포하며 여호와의 은혜의 해와 우리 하나님의 보복의 날을 선포하여 모든 슬픈 자를 위로하되 무릇 시온에서 슬퍼하는 자에게 화관을 주어 그 재를 대신하며 기쁨의 기름으로 그 슬픔을 대신하며 찬송의 옷으로 그 근심을 대신 하시고 그들이 의의 나무 곧 여호와께서 심으신 그 영광을 나타낼 자라 일컬음을 받게 하려 하심이라.

이사야 61:1-3

하나님께서는 각자의 자리에서 그분의 선하심으로 노크하신다. 사람의 무지와 영적으로 깨어 있지 않기에 깨닫지 못하는 경우가 허다하다. 나도 그랬다. 나름 깨어 있다고 생각했는데도 어느 순간에 하나님의 뜻을 놓칠 때가 있었다. 하나님께서 이사야 61장 1절에서 3절 말씀을 계속 주셨다. 평소에도 자주 주셨던 말씀이라서 그냥 나의 잣대로 받아들였다.

주변에서 목사의 소명이 있는 것 같다고 말하는 사람들이 꽤 많았다. 그냥 대수롭지 않게 여겼다. 이미 말씀을 전하는 전도자의 삶을 살고 있었기 때문이다. 할머니 병간호할 때의 일이었다. 믿음 없는 할머니를 사탄은 수시로 괴롭혔다.

"나사렛 예수 그리스도 이름으로 명하노니 할머니를 괴롭히는 더러운 귀신아! 떠나갈지어다!"

할머니는 나와 함께 사셨지만, 예수님에 대해서는 잘 모르고 계셨다. 그리고 천국에 대한 확신도 없으셨다. 그런 할머니에겐 사탄이 자주 찾아왔다. 나는 할머니가 불안해하실 때마다 강하게 말씀을 전했고 기도했으며 찬양도 불렀다. 태어나서 이렇게 뜨거운 '부흥회'는 처음 이었다.

밤이 되면 더 심했다. 다행히 2인실에 계셨던 할머니였고 옆자리는 늘 비어 있었다. 그래서 가능했다. 이렇게 1시간을 넘게 예배하고 나면 신기할 정도로 할머니는 곤히 주무셨다. 주무시는 모습을 확인한 후 하나님께 기도했다. 이때 이미 하나님께서 이젠 사모로서가 아닌 목사로서 기름 부으시기를 원한다는 것을 확실히 알았다. 그래도 받아들이기가 싫었다. 남편을 통해 목사로 산다는 것이 얼마나 고단한 것인가를 너무도 잘 알고 있었기 때문이다.

그러나 상한 감정의 치유기도회를 인도하면서 확실히 깨달았고 이제는 흔들리지 않겠노라고 하나님께 기도했다. 그리고 목사고시를 준비하고 있다. 하나님의 노크하심을 이제는 온전히 받아들인 것이다. 시행착오도 있을 것이다. 그러나 사명 앞에 더욱더 무릎 꿇고 나아가리라 다짐한다. 나는 〈사명〉이란 복음성가를 즐겨 듣는다. 이미 몸 찬양도 만들었고 여러 곳에서 하나님께 영광 돌리고 있다.

사명

주님이 홀로 가신 그 길 나도 따라가오

모든 물과 피를 흘리신 그 길을 나도 가오

험한 산도 나는 괜찮소 바다 끝이라도 나는 괜찮소

죽어가는 저들을 위해 나를 버리길 바라오

아버지 나를 보내주오 나는 달려가겠소
목숨도 아끼지 않겠소 나를 보내주오
세상을 구원한 십자가 나도 따라가오
생명을 버리기까지 나를 사랑한 단신
이 작은 나를 받아주오 나도 사랑하오

나의 사명은 영혼 구원이다. 꼭 목사만 영혼을 구하는 사명이 있는 것은 아니다. 그러나 특별히 '주의 종'으로 부르신 사람은 분명히 있다. 자신의 사명을 깨닫고 목회하는 것과 그냥 하는 것은 완전히 다르다. 사명으로 받아들인 사람은 내가 없다. 이젠 주님만을 위한 삶이어야 한다. 그러기에 더 많이 기도하고 사람 앞으로가 아닌 하나님 앞으로 가야 한다. 그래서 오늘도 두렵고 떨리는 마음으로 하나님 앞에 나아간다. 하나님의 인도하심이 없이는 단 하루도 살 수 없는 삶이다. 그래서 많이 감사하다.

> 여호와의 말씀이 내게 임하니라. 이르시되 내가 너를 모태에 짓기 전에 너를 알았고, 네가 배에서 나오기 전에 너를 성별하였고 너를 여러 나라의 선지자로 세웠노라 하시기로.
>
> 예레미야 1:4-5

말씀을 가까이할수록 하나님은 내게 말씀하시기를 계속하신다.

그래서 할 수 있는 한 최선을 다해서 하나님께 드리려 애를 쓴다. 그래도 좌절도 오고 힘든 일도 찾아온다. 그러나 문제 너머에 계시는 주님을 바라보기에 소망이 있다.

세 가지의 중독으로 고통받아온 세월과 사모로 살면서 고단했던 모든 부분은 성령 하나님의 기름 부으심으로 강하고 담대히 복음을 전할 수 있도록 하셨다. 지금도 어느 곳에서든 하나님의 나라와 의를 위해 달려갈 준비가 되어 있다.

"그런즉 너희는 먼저 그의 나라와 의를 구하라 그리하면 이 모든 것을 너희에게 더 하시리라."

이 말씀을 조금도 의심 없이 믿는다. 아멘.

Part 5

고통이 나를 날게 하다

전날에 너희가 빛을 받은 후에 고난의 큰 싸움을 견디어 낸 것을 생각하라. 혹은 비방과 환난으로써 사람에게 구경거리가 되고 혹은 이런 형편에 있는 자들과 사귀는 자가 되었으니 너희가 갇힌 것을 동정하고 너희 소유를 빼앗기는 것도 기쁘게 당한 것은 더 낫고 영구한 소유가 있는 줄 앎이라. 그러므로 너희 담대함을 버리지 말라. 이것이 큰상을 얻게 하느니라. 너희에게 인내가 필요함은 너희가 하나님의 뜻을 행한 후에 약속하신 것을 받기 위함이라. 잠시 잠깐 후면 오실 이가 오시리니. 지체하지 아니하시리라. 나의 의인은 믿음으로 말미암아 살리라. 또한, 뒤로 물러가면 내 마음이 그를 기뻐하지 아니하리라. 우리는 뒤로 물러가 멸망할 자가 아니요. 오직 영혼을 구원함에 이르는 믿음을 가진 자니라.

히브리서 10:32-39

보석이 되는 고난

고난이 유익이라는 말을 정말 싫었다. 그러나 이 말을 몸소 체험한 지금은 완전히 공감한다. 고난이 심할수록 고난의 보석은 더욱 더 빛난다. 아파 보았던 사람만이 그 아픔을 전심으로 공감할 수가 있다. 특별히 동일한 고난을 겪어 본 사람이 정성 어린 위로자가 될 수 있다. 성경은 약할 때가 오히려 강함이라고 말하고 있다.

> 나에게 이르기를 내 은혜가 네게 족하도다. 이는 내 능력이 약한 데서 온전하여 짐이라 하신 지라. 그러므로 도리어 크게 기뻐함으로 나의 여러 약한 것들에 대하여 자랑하리니. 이는 그리스도의 능력이 내게 머물게 하려 함이라. 그러므로 내가 그리스도를 위하여 약한 것들과 능욕과 궁핍과 박해와 곤고를 기뻐하노니. 이는 내가 약한 그때가 강함이라.
>
> 고린도후서 12:9-10

그렇다. 인간들은 얼마나 간교한가? 나를 보아도 알 수가 있다. 차 바퀴가 내 가슴 위로 지나갔음에도 살려주신 하나님의 은혜를 잊고 불평불만하고 있을 때도 있다. 이스라엘 백성도 그랬다. 출애굽기에 말씀을 보면 이스라엘 백성들은 광야 생활 동안 늘 불평불만을 일삼는 모습을 볼 수 있다. 적반하장이라고 했던가? 하나님께서 이스라엘 백성을 젖과 꿀이 흐르는 가나안 땅으로 인도해 가는 과정인데도 자신들을 죽이려 한다고 했고 애굽에서 종살이할 때가 좋았다고 말하고 있지 않은가? 이것이 바로 우리의 모습이다.

계속 이런 모습이라면 어떻게 하겠는가? 더 심한 고통 속에 빠져야 나를 온전히 내려놓게 된다. 그런데 하나님께서는 참으로 사랑도 배려도 많으신 분이시다. 이렇게 불평불만만 하는 이스라엘 백성들에게 만나와 메추라기로 먹이시지 않는가? 구름기둥과 불기둥으로 하나님은 자기의 백성을 지키셨다.

불평불만의 결과는 비참하다. 그 많은 기적을 보았고 경험도 했으면서 이스라엘 백성이 원망함으로 1세대들은 모두 죽고 2세대 이후에야 가나안 땅으로 들어갔다. 그런데 이들 또한 세월이 지나면서 은혜를 잊고 사는 모습을 볼 수 있다. 그래서 또다시 어려움을 당해야 했던 이스라엘 백성들을 볼 수 있다.

하루에 작게는 3~4통의 상담 전화를 받고 많게는 더 많은 사람과 여러 시간 상담을 한다. 많은 시간을 투자하면서까지 그들의 이야기를 들어 주는 이유는 단 한 가지이다. 나를 살리신 하나님의 은혜에 감사해서이다. 상담을 통해 많은 중독자가 소망을 얻고 말씀 안에서 치유되는 모습을 볼 때 정말 진심으로 행복하다. 이럴 때마다 '나에게서 고난은 보석이었구나'를 깨닫는다.

오래전 이야기다. 모 사모님으로부터 전화가 걸려왔다.

"사모님 제가 아는 목사님의 사모가 알코올중독이라는데요. 사모님이 좀 만나 주세요."

전화를 끊고는 한참을 기도 후 전화를 했다. 계속 전화했는데 안 받았다. 아직 하나님께서 만지실 때가 아닌가 해서 전화를 끊으려는 순간 남자 목소리가 들렸다. 분명히 사모님 핸드폰으로 전화했는데 말이다. 계속 울리는 전화 소리에 미안해서 남편 목사님이 받으셨다.

"사모님 죄송합니다. 사모가 전화를 안 받으려 합니다."

너무 안타까운 마음에 그곳으로 지금 가겠다고 했다. 나는 사모를 살려야 한다는 생각뿐이었다. 그런데 하나님의 때가 아니었던 것인지 우리의 만남은 계속 어긋났다. 그 사모님을 충분히 이해할 수는 있었다. 그러나 뭐든 숨기고 있다고 해서 해결되는 것은 없다. 진실은 언제나 밝혀지게 되어 있다. 그리고 특별히 중독은 알려야 하고 도움을 받아야 살 수 있다. 혼자의 노력이나 힘으로 중독에서 빠져나온 사람은 없다. 하나님의 특별하신 만지심이 있는 경우를 제외하고는 모두가 도움을 받는다.

나는 세 가지(식이장애, 급성 알코올중독, 약물중독)의 중독으로 너무 아팠던 사람이다. 상담도 받았고 약물처방도 받았고 많은 시간 하나님께 부르짖기도 했다. 그러나 누구에게도 나를 말하지는 못했다. 손가락질받을 것에 대한 강한 두려움 때문이었다. 특별히 사모가 그러한 중독에 빠져 산다는 것은 한국교회에서는 있을 수도 없는 일이다. 하나님은 한 영혼을 귀하게 보시는 분이 하나님이시다. 사모도 하나님 보시기에 지극히 한 영혼이다.

하나님 앞에 내려놓는다는 것은 하나님만 바라보고 산다는 의미이기도 하다. 사람을 보면 넘어진다. 최선을 다해 어떠한 방법을 동원해서든 중독에서 벗어나야 한다. 몸 찬양이 있는 복음송이 생각난다.

사람을 보며 세상을 볼 때

사람을 보며 세상을 볼 때 만족함이 없었네
나의 하나님 그분을 볼 때 나는 만족하였네
저기 빛나는 태양을 보라 또 저기 서 있는 산을 보아라
천지 지으신 우리 여호와 나를 사랑하시니
나의 하나님 한 분만으로 나는 만족 하였네 (1절)

사람을 보고 세상을 본다면 만족함은 결단코 없다. 하나님만 바라보아야 희망이 있다. 잠시 고난의 터널을 지나고 있더라도 그 고난으로 귀한 보석의 삶이 열린다는 것을 기억해야 한다.

중독의 위기를 넘은 자유인

자유롭다는 것은 꿈을 꾸고 산다는 것이다. 꿈을 꾸어야 소망이 생기고 하나님께서 내게 원하시는 것이 무엇인지를 알 수 있다. 요셉은 꿈을 꾸는 사람이었고 꿈으로 인해 소망이 있었던 사람이다. 요셉은 가슴 아픈 삶을 살았다. 아버지 야곱의 사랑을 독차지했던 요셉은 자신이 꾼 꿈을 형들에게 말함으로 인해 애굽으로 팔려 가는 아픔을 겪어야 했다. 또한, 모함을 받아 감옥에 갇혔고 온갖 고난 중에 애굽의 왕 바로의 꿈을 해석하여 총리가 되었다. 그 후 형제들과 상봉하고 사랑하는 아버지도 만나게 된다.

꿈을 꾼다는 것은 요셉처럼 어떠한 어려움이 온다고 해도 하나님을 믿는 믿음으로 자유롭게 산다는 것이다. 그래서 겨자씨만 한 믿음만 있으면 산을 옮길 수도 있다고 성경은 말씀하고 있다.

또 이르시되. 우리가 하나님의 나라를 어떻게 비교하며 또 무슨 비유로 나타낼까? 겨자씨 한 알과 같으니. 땅에 심길 때에는 땅 위의 모든 씨보다 작은 것이로되. 심긴 후에는 자라서 모든 풀보다 커지며 큰 가지를 내나니. 공중의 새들이 그 그늘에 깃들일 만큼 되느니라.

마가복음 4:30-32

중독에서 벗어나는 것도 겨자씨 정도의 믿음만 있으면 가능하다. 왜냐하면, 겨자씨가 땅 위에 심긴 후에 자랄 수 있기 때문이다. 잘 자라기만 하면 모든 풀보다 커진다고 성경은 말하고 있다. 중독은 자신의 노력과 의지로 고쳐지는 병이 아니기에 하나님의 만지심과 함께 기도의 후원이 필요하다. 기도를 부탁하려면 중독자인 자신을 기도하는 사람에게 이야기할 수 있는 용기가 필요하다.

오래전에 있었던 일이다. 게임중독에 빠진 자매랑 이야기한 적이 있다. 자매의 엄마가 집사님이셨는데 보다 못해 내게 상담했다. 이 자매는 게임중독이 너무 깊어서 게임기에서 손만 떼도 금단현상이 왔다. 부모님이 게임을 못하게 하면 자신의 머리털을 모조리 뽑았다. 게임의 쾌락 대신 머리카락을 뽑아내므로 느끼는 쾌락에 빠지는 것이다. 아주 심각했다. 자매는 두 가지의 깊은 중독으로 아파했고 스스로 어찌할 수 없는 상황이었다.

나는 '미술 심리 치료사'이면서 '동작 치료사'였다. 중독으로 고통

받고 있을 때 문제를 해결하기 위해 공부하다 보니 두 개의 자격증을 취득했다. 굳이 자격증을 취득하려고 공부했던 것은 아니었다. 중독에서 벗어나고 싶은 열망에서였다. 그런데 이 공부로 인한 결실이 많은 중독자에게 아주 효과적이었다.

하루는 그 자매가 머리를 다 뽑아서 더 뽑을 것이 없었다. 그러자 새로 올라오는 머리털도 핀셋으로 모조리 뽑아 놓고 가발을 쓰고 학교에 갔다. 딸이 학교 간 사이에 집사님은 뽑아 놓은 머리카락을 가지고 내게로 왔다. 그날부터 기도하기 시작했고 미술 심리치료를 병행했다. 신기하게 그 자매는 말을 잘 따라 주었다. 이렇게 3달을 만났고 많이 좋아지는 모습을 보았다. 정신과 약도 아주 약하게 복용했다.

결국은 마음의 병이었다. 중독은 마음에서부터 비롯되고 자신이 중독인 것을 알았을 때는 이미 진행된 상태이다. 중독에서 완전히 자유 할 수 있을까? 답은 '자유 할 수 있다'이다. 중독에서 자유롭기 위해서 가장 중요한 것이 믿음이다. 그리고 자신에게 맞는 상담자가 필요하다.

> 구하라. 그리하면 주실 것이요. 찾으라. 그리하면 찾아낼 것이요. 문을 두드리라. 그리하면 열릴 것이니. 구하는 이마다 받을 것이요. 찾는 이는 찾아낼 것이요. 두드리는 이에게는 열릴 것이니라.

마태복음 7:7-8

구하고 찾고 두드리는 사람만이 구원의 손길을 느낄 수가 있다. 믿음으로 기도와 말씀 앞에 서야 한다. 중독은 부끄러운 것이 아니며 누구나 겪을 수 있는 일이다. 잠시 왔다가 지나갈 수도 있고 깊게 와서 우리의 삶을 갈아 먹을 수도 있다. 최대한 빨리 하나님을 진심으로 믿기를 소망한다.

중독을 넘어서서 자유인이 될 때까지 많은 시행착오가 있다. 그러나 믿음만 있다면 반드시 자유로워질 수 있다고 확신한다. 나는 최대한 많은 사람이 하나님의 사랑을 온전히 받아들여서 나처럼 자유롭게 살기를 간절히 원한다. 오늘도 중독에서 벗어나기에 정말 좋은 날이다. 파이팅을 외쳐본다.

교통사고 후에 하나님의 은혜를 체험하다

인생에 가장 큰 터닝 포인트를 말하라고 하면 교통사고를 말할 수 있다. 그냥 교통사고가 아니었다. 자동차 바퀴가 가슴으로 지나갔는데 살았다는 사람을 들어보았는가? 나는 나 외에 들어 본 적이 없다. 지금도 그때의 일을 생생하게 기억한다.

교통사고 후 중환자실에 있을 때이다. 많이 아팠고 많이 힘겨워 했다. 그런데 눈을 감고 깊은 잠으로 빠질 때면 어김없이 누군가와 손잡고 새 도화지에 그림을 그리는 모습을 몇 번 보았다. 해맑게 웃으면서 말이다. 나는 미술을 전공한 사람이 아니라 무용을 전공했다. 그런데 춤을 추는 것이 아니라 그림을 그렸다. 예쁜 색깔을 선택하여 그림을 그렸다. 그림을 그리다가 잠에서 깨고 또 잠에 깊이 빠지면 여전히 그분과 함께 새로운 그림을 그리기 시작했다.

'정말 신기하네. 내가 그림을 이렇게 잘 그렸나? 학창시절에 그림 대회에서 우수상 받은 것이 전부인데. 이 분은 누구일까? 정말 따

뜻한 분이네.'

몸이 너무 아파서 주사를 마구 맞는데도 얼굴은 언제나 해 맑았다. 그 후 1인실에 와서도 그랬다. 얼굴에서 웃음이 떠나지 않았다. 다리는 온통 붕대로 감고 있었고 양쪽 팔은 링거와 무엇 가를 체크하는 큰 기계가 달려있었다. 많은 지인이 다녀갔다. 위로해 주러 오신 많은 분들은 나의 이런 모습을 보고 감사하며 돌아가셨다.

나랑 함께 새 도화지에 그림을 그리기를 시작 한 분이 예수님이라는 걸 알기에 충분했다. 꿈에서 그분을 만난 후 내 얼굴과 온몸은 평안으로 가득했다. 그리고는 글을 하나 쓰게 되었다. 제목은 '예수님과 새 도화지'이다. 내가 쓴 글에 최○○ 안수집사님께서 작곡해 주셨다.

예수님과 새 도화지

산처럼 크게 만 보이던 일도
하늘이 무너질 것 같은 아픔도
버려야 하는 낡은 문제도 십자가 앞에 가져 왔네~

아프게 질러댄 온갖 생각들
뼈 말리는 육체의 고통도
시간 속 깊게 묻은 상처도 가져 왔으니~

하나님 만드신 아름다운 세상을
예쁘게 예쁘게 그리려 하네
오늘의 나 된 것은 하나님의 은혜
밝게 웃으며 오늘이란 새 도화지에
예수님과 함께 예수님과 함께
새 그림을 그리려 하네
새 그림을 그리려 하네

그렇다. 교통사고 후 예수님과 함께 날마다 새 그림을 그리는 중이다. 교통사고 후 첫 그림은 신대원에서 공부하며 몸 찬양사역을 하는 그림이었다. 나름 열심히 공부했고 교통사고 후유증이 있었지만, 몸 찬양사역을 해왔다. 어린아이같이 항상 즐거웠다. 즐거운 일이 날마다 있어서 즐거웠던 것은 아니었다. 예수님과 함께 오늘은 어떤 그림을 그릴까? 생각하면 설레었다.

신대원에 다닐 때 있었던 일이다. 금요일이면 모든 수업이 끝나기에 아무 일 없으면 바로 집으로 향하는 버스를 탔다. 하지만 그 날은 달랐다. 토요일에 찬양제가 예정되어 있으니 찬조 출연으로 몸 찬양을 해달라는 것이다. 그래서 금요일 수업 후 집으로 가지 않고 기숙사의 좁은 방에서 연습했다. 그리고 인천까지 하나님께 몸 찬양을 드리러 갔었다.

특히 몸 찬양 사역자는 챙겨 가야 할 것이 너무 많다. 그런 데다가 찬양 후 집으로 가야 했기에 캐리어에 한 짐을 넣고 인천으로 출발했다. 생각보다 너무 멀었다. 가방을 메고 한 손에는 캐리어를 또 다른 한 손에는 손가방을 들었다. 진정한 사명자는 믿고 순종하며 발을 내딛는 것에서 시작된다. 하나님께서 부르시면 어디든 달려갈 자세가 중요하다.

부름 받아 나선 이 몸 (찬송가 323장)

부름 받아 나선 이 몸 어디든지 가오리라
괴로우나 즐거우나 주 만 따라가오리니
어느 누가 막으리까 죽음인들 막으리까
어느 누가 막으리까 죽음인들 막으리까

아골 골짝 빈들에도 복음 들고 가오리다
소돔 같은 거리에도 사랑 안고 찾아가서
종의 몸에 지닌 것도 아낌없이 드리리라
종의 몸에 지닌 것도 아낌없이 드리리라

존귀 영광 모든 권세 주님 홀로 받으소서
멸시 천대 십자가는 제가 지고 가오리다

이름 없이 빛도 없이 감사하며 섬기리라
이름 없이 빛도 없이 감사하며 섬기리라

이 찬양의 고백이 나의 고백 되길 소망하며 기도 한다.

외할머니를 천국 보내면서 알게 된 사실들

사랑하는 사람을 잃어 본 사람만 이 상실감을 알 것이다. 천국에서 만날 수 있지만, 육신의 장막을 벗고 우리의 곁을 떠나실 때는 너무도 슬펐다.

코로나로 인해 장례식은 최대한 간소하게 했다. 사회적 거리 두기가 한창인 터라 친지들을 오라고 하기도 그랬다. 어릴 때부터 할머니 옆에 머물러 졸졸 따라다니던 나였다. 그리고 결혼 후에도 함께한 세월이 얼마인가 할머니는 자신은 먹을 거 안 먹고 입을 거 안 입어도 나와 우리 아이들에게는 최상의 것으로 먹이시고 입히셨다. 외할아버지는 6·25 때 전사 하셨기에 연금을 받아서 생활하셨다. 그런데 받은 연금을 모조리 가난한 목회자 가정에 온전히 쓰셨다.

할머니가 천국 가시고 조기를 무척 좋아하셨다는 것을 알았다.

어릴 때 할머니는 조기를 맛있게 구워서 나와 남동생에게 주었다. 그런데 본인은 조기 머리만 뜯고 계셨다. 그때 너무 신기해서 할머니께 여쭈었다.

"할머니, 왜 조기 머리만 먹어요? 살도 드세요."

할머니는 생선은 머리가 제일 맛있는 것이라고 했다. 그래서 어릴 때 일부러 몸통은 내가 다 먹고 머리만 남겨 두었다가 자랑스럽게 할머니에게 드렸다. 지금 생각하니 가슴이 아파서 눈물이 난다. 나를 많이 먹게 하려고 본인은 머리에는 살도 없는데 그것만 드셨다.

또한, 외할머니는 섬김이 유독 남달랐다. 이웃에게 나눠 주는 것을 좋아하셨다. 많은 양의 어떤 것이 있으면 우리가 먹을 만큼 떼어 놓으시고 다른 사람들에게 나누어 주었다. 그래서였을까? 묘비에 나는 이렇게 새겨 달라고 했다.

> 고인의 섬김이 하늘에서 해같이 빛납니다. 천국에서 평온하시길 기원하며 저희들도 고인의 삶을 본받아 하나님 앞에서의 삶을 살겠습니다.

할머니의 빈자리는 너무 컸다. 천국에서 하나님과 행복하실 할머니시지만, 나에게는 첫사랑이었던 할머니가 지금도 보고 싶다. 언제나 나의 편이 되어 주셨던 할머니. 내게 일어나는 모든 상황을 온전히 받아들이시고 오히려 긍휼히 여기며 내 곁에 있어 주셨던 분이셨다. 한참 힘들고 여러 중독으로 아파할 때도 나를 응원해 주셨다. 할머니가 살아계셨을 때 5월 8일만 되면 〈어머니의 마음〉을 자주 불러 드렸었다. 할머니가 나를 낳아 주신 것은 아니었지만, 나에겐 똑같은 어머니셨다.

어머니의 노래

낳으실 제 괴로움 다 잊으시고
기르실 제 밤낮으로 애쓰는 마음
진자리 마른자리 갈아 뉘시며
손발이 다 닳도록 고생하시네
하늘 아래 그 무엇이 넓다 하리오
어머님의 희생은 가이없어라 (1절)

할머니는 파래무침을 참 잘하셨다. 직접 만들어도 할머니의 손맛은 따라갈 수가 없다. 입맛이 없다고 하면 재래시장까지 1시간 거리인데 차도 안 타고 갔다 오셔서 파래무침을 맛있게 해 주셨다. 그뿐 아니었다. 아들이 유치원에서 초등학교 저학년 때까지 할머니는 물통 하나를 들고 아들이 나올 때까지 기다리셨다. 그리고 숨겨 놓았던 동전을 꺼내어 아들 손에 쥐여주며 맛있는 것을 사 먹게 했다. 운동을 좋아했던 아들이 철봉에서 신나게 놀고 나면 마실 물을 주었다. 이렇게 할머니는 나의 모든 영역에 중심에 있었다.

할머니가 보고 싶다. 가슴 저리도록. 할머니를 천국 보내드리고 나서 할머니는 나의 삶에 일부였다는 것을 가슴 깊이 느꼈다. 늘 아쉬움은 남는다. 할머니가 1년만 내 곁에 더 계셨다면 정말 행복하게 해 드렸을 텐데 하고 후회한다. 그러나 후회한들 무엇 하겠는가? 이미 이 세상에서는 만날 수 없는 분인 것을. 그래서 나는 살아계신 부모님께 최선을 다한다.

그렇다. 부모님이 돌아가신 후에 가슴을 찢으며 후회하면 무엇하겠는가? 살아계실 때 잘해야 한다. 부모님께 불효하면서 어떻게 눈에 안 보이는 하나님을 섬긴다고 말할 수 있단 말인가? 하나님을 정말 사랑하는 사람은 부모님과 형제자매에게 잘하게 되어 있다. 나는 여러 가지로 많이 부족한 사람이다. 그러나 하나님께 하듯 양가 부모님께 잘 해드리고 싶다. 진실한 나의 맘이다. 이 모든 것은 할머니를 천국에 보내드리면서 가슴으로 알게 된 것이다.

아픈 만큼 성숙해진다

중학교 때 일이다. 어릴 때부터 유독 많이 아팠는데 종합검사 결과, 콩팥이 안 좋다는 것이다. 그래서 학교를 잠시 쉬고 6개월간 집중치료를 하라고 권유받았다. 콩팥은 우리 몸에서 중요한 기능을 하고 있다. 체내에서 생산된 노폐물을 걸러내는 장기로 몸속 정수기라고도 불릴 만큼 신진대사에 중요한 역할을 한다. 나는 학교 다니면서 치료했었다. 결혼해서도 신장염에 자주 걸렸었고 입원치료도 했었다. 이뿐 아니었다. 심장은 늘 부정맥으로 나와서 온 가족들의 걱정거리가 되기도 했었다. 사실 얼마 전 수술할 때도 부정맥으로 진단되어 수술 여부를 고려해야 하나? 생각했었다.

학교 다닐 때 친구들이 나에게 '종합병원'이란 별명을 지어주었다. 성격이 워낙에 털털한 탓에 별로 상관치 않고 잘 놀았다. 그러나 학교 갔다 오면 병원에 자주 들러서 주사 맞던 기억이 난다. 그래서 엄마는 1년에 한 번은 보약을 지어주셨다. 한약 먹는 것은 정말 싫었다. 너무 써서 화장실에 엄마 몰래 버리기도 했다. 그걸 눈치챘던 것인지 한약을 먹을 때쯤이면 할머니가 달달한 사탕을 손에 들고 계셨다. 쓴 한약을 마시자마자 할머니는 얼른 달콤한 사탕을 입에 넣어 주셨다.

나의 삶은 많은 고통과 함께했다. 극심한 식이장애, 급성 알코올 중독, 약물중독, 우울증, 불면증 그리고 끔찍했던 교통사고와 얼마 전 두 곳 난소 수술 등 수시로 아픔은 찾아왔다. 그런데 참 신기하다. 많이 아팠던 내가 지금 와서 뒤돌아보면 모든 것이 은혜였다고 고백하고 있다. 아픔만큼 성장하는 것이 맞나 보다.

> 사람이 감당할 시험 밖에는 너희가 당한 것이 없나니. 오직 하나님은 미쁘사. 너희가 감당하지 못할 시험 당함을 허락하지 아니하시고 시험당할 즈음에 또한 피할 길은 내사. 너희로 능히 감당하게 하시느니라.
>
> 고린도전서 10:13

아멘. 부족한 사람인 내가 감당할 수 있기에 하나님 섭리 속에 이 모든 일은 일어났고 지금의 내가 있는 것이다. 고통 속에서는 평안함을 누리기는 어렵다. 그러나 하나님은 살아계시고 하나님의 자녀에게는 감당할 수 있는 시험만 허락하신다는 것을 믿고 시험당할 때 피할 길도 예비하심을 믿음의 눈으로 바라볼 수 있다면 문제는 더 이상 문제가 아니다.

> 두려워 말라. 내가 너와 함께 함이라. 놀라지 말라. 나는 네 하나님이 됨이라. 내가 너를 굳세게 하리라. 참으로 너를 도와주리라. 참으로 의로운 오른손으로 너를 붙들리라.
>
> 이사야 41:10

> 여호와여 내가 깊은 곳에서 주께 부르짖었나이다. 주여 내 소리를 들으시며 나의 부르짖는 소리에 귀를 기울이소서.
>
> 시편 130:1-2

깊은 아픔의 터널 속에서도 두려워하지 말고 도우시기를 쉬지 않으시는 하나님께 부르짖으며 간구해야 한다. 그때 하나님께서는 우리의 부르짖는 소리에 귀를 기울여 주신다고 말씀하고 계신다. 나는 이러한 체험을 많이 했다. 온갖 두려움에 떨고 있는 나에게 말씀으로 찾아오셔서 위로해 주셨다. 깊은 기도의 시간을 통해 평안함의 은혜를 받아 누리기도 했다. 이것은 전지전능하신 하나님만이 할 수 있다. 하나님께서 주시는 평안은 마음에 근심과 걱정이 전혀 없다.

평안을 너희에게 끼치노니. 곧 나의 평안을 너희에게 주노라. 내가 너희에게 주는 것은 세상이 주는 것과 같지 아니하니라. 너희는 마음에 근심하지도 말고 두려워하지도 말라.

요한복음 14:27

아픔은 오히려 다시금 시작할 수 있는 발판을 만들어 주었다. 아파 보았기에 이해의 폭도 넓어지고 상대의 입장에서 생각할 수 있으며 진실한 기도를 하나님께 올려드릴 수가 있다. 그래서 오히려 아픔을 통해 소망을 발견할 수 있다.

다만 이뿐 아니라 우리가 환난 중에도 즐거워하나니. 이는 환난은 인내를 인내는 연단을 연단은 소망을 이루는 줄 앎이로다.

로마서 5:3-4

비가 온 후의 하늘이 얼마나 깨끗하고 예쁜지를 보라. 나의 문제와 아픔은 지나가지 않을 것처럼 보여도 마치 안개처럼 차츰차츰 걷히게 되고 한발씩 내딛는 우리를 하나님은 지금도 힘차게 응원하고 계신다. 그렇게 한층 성숙해져 있는 자신과 마주하게 될 것이다. 내가 지금 그렇다.

상한 감정의 치유 사역자가 되다

대부분의 많은 사람은 마음이 상한 것을 꾹꾹 누르며 산다. 이것이 인내라고 생각하면서 말이다. 그런데 아니다. 내가 치유되지 않았는데 누구를 이해할 수 있으며 누구를 위해 기도할 수 있다는 말인가? 물론 말로는 다른 사람을 이해한다고 할 수 있고 기도도 할 수 있다. 그러나 치유되지 못한 사람들의 이러한 행동들은 언젠가는 반드시 역류하여 올라오게 된다. 그때 이것을 막으려면 온갖 장비를 다 갖추어서 기술자를 동원해도 역부족일 때가 있다.

오래전에 우리 교인들을 모아 어린아이부터 장년에 이르기까지 '상한 감정의 치유' 사역 8단계를 만들어서 시도해 보았다. 가장 잘 스며드는 계층은 어린아이였다.

틱 장애를 지니고 있는 초등학교 2학년 아이를 만났다. 겉보기에는 너무도 멀쩡했다. 그러나 자세히 지켜보니 틱 장애가 맞았다.

엄마는 병원도 데리고 가보고 모든 방법을 동원했는데 낫지 않았다. 그러다가 우연히 나를 알게 되었다. 그때 그분은 예수님을 몰랐다. 나는 최선을 다해 그 아이를 치료하기 위해 기도했고 '상한 감정의 치유' 8단계를 아이에게 적용했다.

미술 치료 시간이었다. 아이의 그림은 특별했다. 무언가로부터 심하게 억압당하고 있었고 그로 인해 극심한 공포에 질려 있는 자신의 모습이 그림에서 나왔다. 이 아이에게는 동작 치료보다 미술 치료를 통한 자아 성찰과 기도제목 발견이 중요했다.

이 아이는 왜소한 모습의 소심한 성격의 아이였다. 지나친 부모님의 욕심으로 한참 놀아야 할 아이가 하루에 학원을 여러 개 다니면서 힘겹게 생활하고 있었다. 신기한 것은 내가 "힘들지?"라고 물었는데 "아니요!"라고 답했다. 초등학교 2학년밖에 안 된 아이가 자기를 통제하려 했다. 그 아이의 모습을 보며 나를 보는 듯했다.

나도 그랬다. 사람들에게 인정받고 싶어서 무엇이든 열심히 했고 안 힘든 척했었다. 이 아이는 시간이 지날수록 나랑 가까워졌다. 이제는 집에서, 학교에서, 학원에서 일어난 이야기를 나에게 전부 했다. 이 무렵 나는 4영리로 복음을 전했다. 아이는 스펀지처럼 받아들였고 나와 그림 그리고 기도하는 시간을 재밌어했다. 그리고 그날 했던 프로그램을 그 아이 엄마에게 전화로 전달했다. 부모님들이 도와야 할 것들에 대해 말해주었고 잘 따라와 주었다.

6개월간 그 아이와 나는 함께 기도하며 치료한 결과 틱 장애는 없어졌고 그 아이와 부모님 모두 가까운 교회로 출석하게 되었다. 하나님께서 이렇게 자기의 백성을 찾으시고 만지시고 싶어 하셨다. 딱히 노방전도를 안 해도 '상한 감정의 치유'만으로도 많은 사람이 예수님을 믿게 되었다. 이러한 일들이 반복되면서 하나님께서 상한 감정을 지닌 사람 중에 구원받을 사람들이 있다는 사실을 깊이 깨닫게 하셨다.

> 상한 갈대를 꺾지 아니하며 꺼져가는 등불을 끄지 아니하고 진실로 정의를 행할 것이며.
>
> 이사야 42:3

하나님께서 상한 갈대를 꺾지 않으시는데 우리가 판단하고 정죄할 사람은 없다. 갈대가 어떤가? 갈대는 강가나 냇가가 바닷가의 모래땅에 군집을 이루고 사는 여러해살이의 풀 종류이다. 우리는 자신의 주관이 없거나 남의 말에 자주 흔들리는 사람을 보면 갈대를 비유한다. 그런데 그런 갈대가 상해 있다. 우리 하나님께서는 흔들릴 뿐 아니라 상해 있는 갈대를 꺾지 않으시고 그 갈대를 사용하셔서 진실로 정의를 행하실 것이라고 말씀하신다. 참으로 놀라운 일이다.

'상한 감정의 치유기도회'를 인도하는 리더로서 기도회를 시작하기 전에 전심으로 부르짖는다. 그리고 기도회 동안은 그들의 문제를 놓고 철야하고 때론 한 끼 금식도 한다. 왜냐면 하나님이 이들을 얼마나 사랑하시는지를 알기 때문이다. 지금도 하나님은 자신이 택한 백성 중에 마음이 상해서 울고 있는 사람들을 나에게 붙여 주신다. 코로나로 대면으로 이야기는 못 해도 전화통화로 상담하고 기도한다. 그리고 기도방에 가서 부르짖는다. 그 후 문제가 해결되어 전화가 오거나 문자 메시지가 오는 날에는 너무 기뻐서 혼자 춤을 춘다. 이것이 하나님의 마음이 아닐까? 생각해본다. 이제 조금은 그분의 마음을 알 수 있을 것 같다.

앞으로 어떠한 사람들과 함께 기도하게 하실지는 알지 못한다. 분명한 것은 하나님께서 기뻐하시는 '상한 감정의 치유기도회'를 계속해 갈 것이다. 함께 울고 함께 웃으며 기도하는 그 시간이야말로 하나님의 기름 부으심이 강하게 인도하신다는 것을 알기 때문이다.

수술 후 믿음이 더 견고해지다

"선생님 잘 부탁드려요."

그리고는 깨어나 보니 수술은 끝났고 회복실이었다. 잠깐 눈을 감았을 뿐인데 수술이 끝났다. 나를 위해 기도하고 계실 많은 기도의 동역자들이 생각났다. 특별히 엄마는 얼마나 속을 새까맣게 태우며 기도하고 계셨을까를 생각하니 마음이 짠했다. 마취가 덜 깬 상태에서 엄마에게 제일 먼저 전화 드렸다.

수술하고 보니 엄마를 많이 이해할 수 있는 부분이 있었다. 한 해 동안 많은 일을 겪으셨던 엄마였다. 자신이 사랑하는 엄마(외할머니)를 천국에 보내 드리고 자신도 폐암 선고를 받고 치료 중인데다가 딸이 수술받아 누워 있다. 모 병원에서 난소암일지도 모른다는 소리에 얼마나 힘드셨을까? 다행히 ○○ 병원에서 모든 검사를 다 하고 최종적으로 혹으로 진단이 나왔으니 안심했을 것이다.

"여보 너무 아파요. 간호사 좀 불러 줘요."

교통사고 때에 비하면 아무것도 아닌데 엄살 아닌 엄살이었다. 그런데 정말 아팠다. 간호사는 친절히 무통 주사가 들어가고 있으니 괜찮아질 것이라고 말해주었다. 코로나 때문에 모두가 커튼을 치고 있어서 옆에 어떤 환자가 입원했는지 알 수가 없었다. 산부인과 병동이기에 남자는 없었다. 내 옆을 지키는 남편 목사님만이 남자였다. 남편은 내가 수술을 끝내고 병실에 오니 함박 미소로 맞아 주었다. 수술은 내가 했는데 남편의 얼굴이 반쪽이 되어 있었다.

잠시 잠이 들었는데 코 고는 소리에 일어났다. 범인은 남편이었다.

"여보, 여보, 여보?"

긴장이 풀린 남편은 단잠을 잤다. 병실에 나만 있는 게 아니어서 흔들어 깨웠다. 화들짝 일어나더니 다시 잠들었다. 간호사가 의사 선생님 회진이라고 말하는 소리에 정신 차리고 결과를 기다렸다. 다행히 수술은 잘되었다고 했다. 왼쪽 난소는 완전히 들어내었고 오른쪽 난소는 혹만 제거하고 살려 두었다고 했다. 그리고 왼쪽 난소 쪽으로 길게 늘어진 혹도 잘라 내었다고 했다. 혹은 조직검사를 의뢰하기 위해 암센터로 보냈다고 했다. 암 소리만 들어도 이젠 가슴이 뛴다. 모 병원에서 암일지도 모른다는 소리에 실신할 뻔했던 내가 아닌가? 다행히 2주 후 결과도 혹으로 마무리되었다. 이 모든 것을 하나님께 영광 돌려드린다.

나 이제 주님의 새 생명 얻은 몸 (찬송가436)

나 이제 주님의 새 생명 얻는 몸
옛것은 지나고 새 사람이로다
그 생명 내 맘에 강같이 흐르고
그 사랑 내게서 해 같이 빛난다
영생을 누리며 주 안에 살리라
오늘도 내일도 주함께 살리라

하나님께서 몇 번째 살려 주신 것인가? 정말 오늘도 내일도 주와 함께 살리라! 전심으로 고백한다. 나는 무척 감성적이다. 그래서 음악을 좋아했고 무용을 사랑했다. 대학교 1학년 때의 일이다. 지금도 생생하게 기억한다. 봄비가 부슬부슬 내리는 날이었다. 휴강이라서 할 일도 없고 친한 친구와 비가 오는데 일부러 우산을 쓰지 않고 걸었다. 한참을 걷다가 ○○ 대학교 커피숍에 들어갔다. 전날에 읽었던 책으로 서로의 생각과 느낌을 말하며 시간 가는 줄도 몰랐다. 이렇게 물에 빠진 생쥐 모양으로 집으로 들어가면 할머니와 엄마는 혹여나 감기라도 걸릴까 봐 노심초사하셨다. 그 시절로 돌아가면 또 그랬을 것이다.

믿음은 바라는 것들의 실상이요, 보이지 않는 것들의 증거니. 선진들이 이로써 증거를 얻었느니라. 믿음으로 모든 세계가 하나님의 말씀으로 지어진 줄을 우리가 아나니. 보이는 것은 나타난 것으로 말미암아 된 것이 아니니라.

히브리서 11:13

하나님께서 하실 일들을 믿음의 눈으로 자꾸만 바라보게 된다. 이제는 어떤 어려움이 온다 해도 이미 역사하고 계시는 주님이 보이는 듯하다. 그래서 소망을 품게 된다. 지금은 아무것도 보이는 것이 없는데도 말이다. 설렘으로 기대하게 된다.

"주님, 거기 계시죠?"

수술 후 집에서 안정을 취하고 있는데 전화가 걸려왔다. 남편이었다.

"배 사모, 빨리 짐 싸서 친정으로 가세요."

이게 뭔 말인가? 아들이 대학교에서 코로나가 걸렸단다. 그래서 수술 후 면역이 떨어져 있는 나를 피신시키려는 것이다. 눈에 넣어도 안 아픈 내 강아지가 코로나가 걸려서 아픈데 피하라고? 싫었다. 그냥 코로나 걸려도 되니 집에 있겠다고 했다. 엄마에게 전화 오고 딸에게 전화 오고 난리도 아니었다.

울먹이며 운전대를 잡았다. 멀리서 얼굴만이라도 보려고 최대한 늦게 집에서 출발했다. 그때 남편 차와 마주쳤고 아들을 보았다. 눈물이 폭포수 같이 흘러내렸다. 그리고는 동거인인 남편은 코로나 걸리지 않게 해달라고 믿음으로 간절히 기도한 후 엄마 품으로 갔다. 하나님께서는 신음의 기도를 들어 주셨다. 한집에서 함께 생활한 남편은 음성이었다. 하나님께서 하셨다. 나의 믿음은 날이 갈수록 견고해가고 있었다.

Part 6

몸으로 하나님을 찬양하다

할렐루야 그의 성소에서 하나님을 찬양하며 그의 권능의 궁창에서 그를 찬양할지어다. 그의 능하신 행동을 찬양하며 그의 지극히 위대하심을 따라 찬양할지어다. 나팔 소리로 찬양하며 비파와 수금으로 찬양할지어다. 소고 치며 춤추어 찬양하며 현악과 퉁소로 찬양할지어다. 큰 소리 나는 제금으로 찬양하며 높은 소리 나는 제금으로 찬양할지어다. 호흡이 있는 자마다 여호와를 찬양할지어다. 할렐루야.

시편 150

발레리나를 꿈꾸다 몸 찬양 사역자가 되다

"에스더 너는 방향감각이 너무 없어. 공연도 얼마 안 남았는데."

학원 발레 선생님께서 하신 말씀이었다. 그랬다. 나는 유독 방향감각이 없었다. 무대에서 방향을 잘못 잡아서 모두가 당황했던 적이 많았다. 지금도 내비게이션이 없으면 길을 못 찾아간다. 그래서 어딜 가든 가족들은 늘 잘 도착했는지를 물었다.

나는 '연습벌레'라고 불릴 정도로 지독하게 연습했다. 한국무용, 현대무용, 발레 이렇게 세 가지 모두 잘하고 싶었다. 학교에서도 점심시간만 되면 무용실에서 연습했다. 성실했던 나에게 무용선생님께서 무용실 열쇠를 주셨다. 무용실에서 무언가를 하려면 내 허락이 필요했다. 책임감도 강했기에 내게 맡겨준 어떤 일이든 어김없이 해냈다. 덕분에 친구도 많았다. 소위 의리파였다. 내가 소중히 생각하는 친구를 건드는 날에는 그냥 넘어가는 법이 없었다.

대학교 때였다. 무용대회를 얼마 남겨 두지 않은 상태라서 무용실에서 거의 살다시피 했다. 그런데 자꾸 오른쪽 발목이 안 좋았다. 의사 선생님께서 당분간 발레는 하지 말라고 하셨음에도 불구하고 연습하다가 다시는 돌아올 수 없는 강을 건너게 되었다. 아킬레스건의 극손상으로 발레를 평생 할 수 없다는 말을 듣게 되었다. 그 후 지금까지 오른쪽 발은 발끗포인도 할 수 없게 되었다. 이대로 모든 것을 포기해야 했다.

욕심이 잉태한즉 죄를 낳고, 죄가 장성한즉 사망을 낳느니라.

야고보서 1:15

욕심이 나를 무너지게 했다. 이후 많은 시간, 무용을 할 수 없음에 가슴 아파하며 큰 상처로 자리하게 되었다. 결혼 후 신학교를 졸업하고 많은 사람의 응원에 힘입어 전북대학교 일반대학원 한국무용학과에 입학하게 되었다. 뒤늦게 시작한 무용이라서 더 열심히 했다. 대학원을 다니면서 몸으로 하나님을 높일 방법이 없을까를 고민하며 기도했다. 이미 많은 분이 몸 찬양사역을 하고 계셨다. 그런 모습을 지켜보면서 나도 몸 찬양 사역자가 되기 위한 준비를 하고 있었다.

그런데 한국무용을 전공하다 보니 넘어야 할 산이 여럿 있었다.

한국무용이라고 하면 대부분의 사람은 좋은 시선보다는 편견의 시각이 많았다. 사실 나도 그랬다. 학교에서 한국무용은 우리나라 전통문화를 바탕으로 하니 무속적인 색채가 강했다. 한국무용은 크게 궁중무용, 민속무용, 가면무용, 의식무용, 창작무용으로 나뉜다. 이런 상황에서 어떻게 하면 하나님만 높이는 춤을 만들 수 있을까를 노심초사했다.

나는 기도하면서 창작무용을 만들어야겠다고 생각했다. 분명히 성경에는 기쁨과 승리의 극치를 표현하여 춤을 춘 모습이 여러 곳에 있다. 실수나 실패도 있었지만, 기도하면서 하나님께 올려드릴 춤을 만들었다. 내가 만든 춤은 적어도 하나님께 부르짖으며 만든 것이었다. 그리고는 '죽으면 죽으리라'는 일사 각오로 춤을 추었다. 사람들의 관심과 칭찬은 이미 관심 밖이었다.

몸 찬양을 만들면서 몸 찬양을 하나님께 올려드릴 때 은혜를 많이 받았다. 자신이 춘 춤에 은혜를 받는다는 말이 이상하게 들릴 수도 있겠다. 그러나 성령 하나님의 기름 부으심을 느낄 때가 많았다. 특별히 교통사고 후 만든 몸 찬양은 한결같이 은혜였다. 사고 후 많은 동작에 제한을 받았다. 그러나 그런데도 올려드린 춤이었다.

> 처녀 이스라엘아 내가 다시 너를 세우리니. 네가 세움을 입을 것이요. 내가 다시 소고를 들고 즐거워하는 자들과 함께

춤추며 나오리라. 그때에 처녀는 춤추며 즐거워하겠고 청년과 노인은 함께 즐거워하리니. 내가 그들의 슬픔을 돌려서 즐겁게 하며 그들을 위로하여 그들의 근심으로부터 기쁨을 얻게 할 것임이라.

예레미야 31:4, 13

하나님을 높이는 춤은 모두가 기쁨이다. 그리고 감사의 축제이다. 이렇게 귀한 곳에 나의 몸이 쓰임 받고 있다는 자체만으로도 온전한 희락을 느낀다. 이렇게 하나님께서는 몸 찬양 사역자로 다듬어 가고 계셨다. 나의 거룩한 춤 만들기와 춤추기는 천국 가는 그 날까지 계속될 것이다. 모든 영광을 하나님께 돌린다.

하나님은 우리를 춤추게 하신다

사복음서를 보게 되면 결혼잔치가 나온다(마9:15, 막2:19, 눅5:34, 요2:1-11). 이때 잔치는 하루 이틀 만에 끝나는 것이 아니었다. 여러 날 계속되었다. 잔치에서 빠질 수 없는 것은 춤이었다. 성경을 보면 결혼을 은유로 말하고 있다. 인생의 최고의 날에 하나님과 함께 춤을 추었다.

> 내가 너희를 위하여 열심을 내노니. 내가 너희를 정결한 처녀로 한 남편인 그리스도께 드리려고 중매함이로다.
>
> 고린도후서 11:2

이 말씀에서 신부는 성도를 의미하고 남편은 예수님을 의미함을 알 수 있다. 예수님의 몸인 교회는 예수님의 신부가 된다. 신부인 성도가 예수님을 위해 춤을 추며 감사를 표현하는 것은 지극히 당연하다. 말씀을 읽고 있으면 정말 춤을 추고 싶다는 생각이 든다.

특별히 예수님께서 가장 기뻐하시는 춤은 죄인이 회개하고 돌아와서 춘 춤이다. 이것은 탕자의 비유에서 선명히 드러나고 있다. 나도 그랬다. 영적 목마름과 상한 마음으로 하나님을 간절히 찾았다. 그때 하나님은 나를 만나 주셨고 온전히 회복시켜 주셨다. 죄에서 구원해 주신 하나님의 은혜를 생각할 때 나는 이미 춤을 추고 있었다. 하나님은 나를 날마다 춤추게 하셨다.

어느 곳이든 찬양만 흘러나오면 춤출 준비가 되어 있다. 온몸으로 하나님을 높이는 곳은 어디든 달려갈 준비를 하고 있다. 홀로 기도하는 시간에 올려드리는 춤이야말로 최고이다. 한두 시간 깊이 있게 기도하다 보면 나도 모르게 경배의 춤을 추고 있다. 이럴 때 나는 몸 찬양을 만들기 시작한다. 만들어진 몸 찬양을 또 기도하며 다듬어진다. 이러한 과정이 끝나게 되면 완성된 작품이 되는 것이다.

주 우리 아버지

주 우리 아버지 우리는 그분의 자녀
예수 우리 형제 손에 손잡고 하나 되어 함께 걸어가리
주께 찬송해 탬버린으로
주께 찬송해 손뼉 쳐

주께 찬송해 춤을 추면서
주께 찬송해 목소리로
랄랄라 라랄라랄라 랄라라 라랄라라 라랄랄라
라랄라라 랄랄랄랄 랄라라 라랄라~

주일학교 때 자주 불렀던 복음송이고 율동도 가르쳤었다. 이때 아이들과 '춤을 추면서'라고 하면 가장 신나게 하나님 앞에 거짓 없이 추는 춤을 보게 되었다. 순수함 그 자체였고 아름다웠다. 나도 아이들처럼 하나님 앞에서 그러한 춤을 올려드리고 싶었다. 최대한 하나님 앞에서 춤을 추고 싶었다. 지금도 그 마음은 변함없다.

> 춤은 인간이 그의 창조주요, 구원자가 되시는 분께 전체로 예배의 자연스러운 육신의 표현이다.
>
> 데이비드 왓슨

그렇다. 자연스러운 육신의 표현이 춤으로 나타난다. 이것을 예배 때 나타낸다면 우리를 춤추게 하시는 그 하나님을 만날 수 있다. 춤은 언어가 통하지 않는 나라에서도 하나가 될 수 있는 최고의 방법이다. 또한, 예수님을 모르는 사람들에게도 찬양과 춤을 통한 대화의 장은 언제나 열려 있다. 그러므로 우리 삶에서 춤이 가지고 있는 위력은 대단한 것이다.

춤은 하나님께로 가는 지름길이다. 말씀 속에 답은 있지만, 신자들에게는 어려운 일일 수 있다. 그러나 진정으로 하나님을 높이는 춤을 추는 것을 보거나 추었을 때 찾아오는 기쁨은 말할 수 없는 평온함이 있다. 하나님은 지금도 춤추는 사람을 지켜보신다. 춤은 기쁨이 있을 때 최고의 가치를 발하게 된다. 하나님께 기쁨으로 올려드리는 춤 속에 하나님을 경배하는 행위가 묻어 있기 때문이다.

하나님께서 춤추기를 원하신다. 이것은 어떠한 방법으로든 하나님 앞에 나오기를 바라고 계신다고 할 수 있다. 춤을 통해 기쁨과 치료를 경험한 사람은 또다시 하나님께서 춤추게 하시는 것을 알게 된다.

나는 춤을 춰야 사는 사모이다

"사모가 춤을 춘다고? 어떻게 춤을?"

대부분 한국교회에 만연해 있는 가치관이다. 선교지에서의 춤은 필수이다. 그러나 유독 한국교회에서는 금기사항인 양 금지되었다. 그래서 늘 안타까운 마음이다. 결혼 전에 선교사로 가겠다고 결심한 적이 있었다. 그리고 단기선교로 필리핀과 사이판을 갔었다. 이곳의 예배는 거의 축제 분위기였다. 찬양과 춤을 빼고는 전도 자체가 어려울 지경이었다. 그래서 타국에서의 선교가 나에게 맞는다고 생각했던 적도 있었다. 그런데 지금 나는 한국교회 안에서 사모로 여러 가지 사역자로 사명을 감당하고 있다.

우리의 사고 체계부터 바꿀 필요성이 있다. 한국교회에 잘못된 춤 문화가 하루빨리 사라지길 간절히 소망한다. 그러기 위해 몸찬양 사역자가 바르게 언행하며 춤을 추어야 한다. 아름답게 보이고 싶은 것은 여자라면 누구나 가질 수 있는 본능이라고 생각한다. 지나치게 외모에 치중하다 보면 자칫 잘못하여 나를 보이기 위한 춤이 출 수가 있다. 그러므로 내가 정말 무엇을 위해 누구를 위해 춤을 추는지를 바르게 알아야 한다. 이 부분이 정확히 구분된다면 한국교회 안에서의 춤은 진정한 예배의 춤으로 자리매김하리라 본다.

나는 춤을 추어야 살 수 있는 사모이다. 이런 나에게 춤을 빼고는 말할 수 있는 것이 많이 제한적일 것이다. 그리고 춤에 관한 공부도 많이 했다. 최대한 말씀 속에서 춤을 연구했고 하나님의 은혜를 구했다. 믿음의 고백으로 춤을 추었고 밑바닥에서 허우적거리며 세 가지의 중독으로 깊이 아파할 때도 눈물을 흘리며 찬양을 부르며 춤을 추었다. 그때의 간절한 춤사위는 아직도 잊을 수가 없다. 밑바닥에서 울며 기도하며 추었던 춤이 지금 재구성되어 하나님께 올려드리고 있다. 아픔이 없고 눈물이 없었다면 하나님만을 높이는 춤을 출 수가 없었을 것이다.

> 너희 몸은 너희가 하나님께로부터 받은바 너희 가운데 계신 성령의 전인 줄을 알지 못하느냐. 너희는 너희 자신의 것이 아니라 값으로 산 것이 되었으니 그런즉 너희 몸으로 하나님께 영광을 돌리라.
>
> 고린도전서 6:19-20

분명히 성경 말씀은 우리의 몸으로 하나님께 영광을 돌리라고 말하고 있다. 로마서 12장 1절에서도 너희의 몸을 하나님이 기뻐하시는 거룩한 산제사로 드리라고 말씀하고 계신다. 여기서 거룩함이란 성도가 하나님의 소유가 되는 것이며 어떠한 결점도 없어야 함을 뜻한다. 산제사는 죄로 죽었던 내가 하나님의 은혜로 거듭난 상태를 뜻하므로 영적 예배를 말한다. 영적 예배를 드리는 사람은 최대한 나를 낮추고 하나님만 높이는 상태를 유지해야 한다. 오늘도 삶 속에서 나를 드러내려는 부분이 무엇이 있었는지를 점검한다. 날마다 이렇게 살아간다면 온전히 하나님과 만나는 시간도 많아질 것이다.

삼십 대 중반쯤이었던 것 같다. 조그마한 아트홀을 빌려서 몸 찬양을 올려드린 적이 있었다. 1시간 소요되는 몸 찬양이었다. 1시간 동안 혼자 계속 춤을 출 수 있는 것이 아니기에 중간에 모 교회 중창단과 악기 팀들 그리고 다른 몸 찬양 사역자를 세워서 하나님께 올려드렸다. 우리는 준비하는 과정을 통해 하나님의 일하심을 느꼈고 함께 중보 기도하며 큰 은혜를 받았다. 그렇다. 과정이 정말 중요하다. 이런 상황 속에서 하나님께서는 온몸을 다해 경배하는 것을 얼마나 기뻐하시는지를 알 수 있었다.

춤을 추면서 영과 육이 치유되었다. 성령의 역사하심의 춤은 전인 치유가 된다고 확실히 믿는다. '상한 감정의 치유' 8단계 프로그램 중에 무용 동작 치료 시간도 있다. 지금은 코로나로 할 수 없는 상황이지만 동작 치료를 통해서도 많은 사람이 치유되는 모습을 보았다.

오래전에 잦은 유산으로 힘들어하던 어떤 여자 성도님이 있었다. 이 분은 항상 표정이 없었다. 그런데 무용 동작 치료 시간을 통해 은혜를 받고 굳어있던 얼굴 근육과 몸 근육이 풀리는 것을 보았다. 하나님께서는 참으로 여러 가지를 동원해서 자신의 백성을 치료하시고 구원하신다.

우리의 움직임은 뱃속에서부터 시작됐으며 성장하면서 구체적으로 표현되기 시작했다. 슬픔, 기쁨, 슬픔, 놀람, 외로움 등의 감정이 움직임과 함께했다. 이러한 감정들을 하나님 앞에 가지고 나와 춤으로 승화시킨다면 인격적인 하나님을 만나기에 부족함이 없으리라 생각한다.

오늘도 하나님의 노크 소리에 잠에서 깨었고 온몸 찬양을 통해 그분을 높여 드렸다. 나는 춤을 춰야 하는 사모이다. 하나님께만 영광 돌리는 사람이 되고 싶다.

극심한 고통 가운데 있을 때 하나님을 높이는 춤을 만들 수 있다

극심한 고통을 경험했던 사람은 하나님만 높이는 춤을 주게 된다. 예배는 영어로 '워쉽'을 뜻한다. 그리고 히브리어나 그리스어에 보면 대부분 동작을 의미하고 있다. 구약에서 사용된 원문(히브리어)에서는 '굽혀 절한다'의 뜻을 지니고 있고, 이는 '사하'이다. 신약에서 사용된 원문(헬라어)에서는 '굽혀 절한다, 엎드린다'의 뜻으로 '프로스큐니오'이다. 그러므로 예배를 하나님 앞에 엎드려 절하며 경배하는 움직임을 뜻한다는 것을 알 수 있다. 고통과 아픔 속에서 하나님 앞에서의 진정한 내려놓음을 할 수 있다. 그래서 그때 올려드리는 춤은 하나님만 높이는 춤을 출 수가 있다.

가장 힘들었던 순간에 춤을 추었다. 교통사고로 사경을 헤매고 중독으로 한없이 나락으로 떨어질 때도 나는 여전히 춤을 추었다. 물론 몸으로 춤을 출 수 없는 상황이었다. 그때는 내 마음이 춤을 추었다. 그리고 찬양을 들으면서 깊은 감사가 나올 때 동작들이 생각이 났고 그 동작들을 노트에 적어 두기를 반복했다. 그러다가 보면 어느새 병실에서도 춤을 추고 있었다.

상한 감정이 있을 때도 여전히 춤과 함께 했다. 춤은 치유의 효과가 있다. 상한 마음의 치유는 전인 치유와 함께 말씀으로의 치유이다. 그러므로 영적 성숙을 목적으로 한 치유라고도 볼 수 있다.

레리 그래함은 치유를 설명할 때 '신체적인 전인성, 감정적인 건강성, 정신적인 기능성 그리고 영적인 활력성으로 회복하는 과정'이라고 말했다. 하나님께 정성껏 드려지는 춤은 언제나 치유와 함께했다. 또한, 치유는 깨어진 관계를 회복시켰다. 깊게 하나님을 만나는 춤을 추게 되면 고통스러운 기억들이 승화되고 우울감이나 죄책감 등에서 자유함을 얻게 된다.

오래전 주일학교에서 어린이 몸 찬양 팀을 만들어서 예배 때마다 하나님께 올려드렸다. 그런데 어느 날 율동을 꽤나 잘하는 두 녀석이 싸웠던 모양이었다. 뾰로통해 있는 두 녀석이 화해할 기미가 보이지 않았다. 어찌할 바를 모르고 기도 후 다음 주에 올려드릴 몸 찬양을 연습시켰다. 찬양 속에서도 은혜가 있지만 서로 마주 보며 몸 찬양을 해야 하기에 자연스럽게 두 녀석 모두 웃음을 찾는 것을 보았다. 사실 이 날 1시간을 넘게 춤을 추게 했다. 이미 춤을 통해 하나님께서 상한 감정을 치유하시는 것을 경험했기에 가능했다.

버나드 마틴은 치유를 '영원한 삶으로 이어지는 인격의 완전한 성숙을 저해하는 육체적 정신적 영적인인 속박으로부터 자유롭게 되는 것'을 의미한다고 말했다. 이 부분은 성경 말씀을 통해서도 볼 수 있다.

> 그가 내 모든 죄악을 사하시며 네 모든 병을 고치시며 네 생명을 파멸에서 속량하시고 인자와 긍휼로 관을 씌우시며 좋은 것으로 네 소원을 만족하게 하사. 네 청춘을 독수리같이 새롭게 하시는도다.'
>
> 시편 102:3-5

이러한 구원의 소식은 오늘도 계속 진행 중이다. 성경에서 치유는 구원과 상당히 밀접한 관계에 있다. 치유는 단지 병들기 이전으로 돌아가거나 죄에서 구원받는 것만을 의미하지는 않는다. 하나님께서 창조하실 때의 상태로 돌아가는 전인 치유이다. 이러한 전인 치유가 춤과 함께 지속되고 있다.

춤을 통한 전인 치유는 우리의 억압된 감정과 영적인 모든 질병을 치유하며 우리의 영이 오직 하나님만을 온전히 바라볼 수 있게 한다. 그러므로 마음이 상해 있을수록 하나님 앞에 기도하며 춤을 추는 것은 지극히 성경적이다.

얼마 전 자궁 난소를 수술한 후 제일 먼저 생각났던 찬양이 있다. 〈십자가 전달자〉이다. 이어폰을 끼고 얼마나 많이 들으며 눈물을 흘렸는지 모른다. 이 찬양은 예전에 몸 찬양을 만들었었다. 그런데 이번에 다시금 새로운 동작들이 생각났다. 이런 생각들은 나를 최상의 기쁨으로 인도 한다. 여전히 노트에 적었고 지금 만드는 중이다. 가사가 나의 고백이기도 하다.

십자가 전달자

난 지극히 작은 자 죄인 중에 괴수
무익한 날 부르셔서
간절한 기대와 소망 부끄럽지 않게
십자가 전케 하셨네
어디든지 가리라 주 위해 서라면
나는 전하리 그 십자가
내 몸에 밴 십자가 그 보혈의 향기
온 세상 채울 때까지
살아도 주를 위해 죽어도 주를 위해

사나 죽으나 난 주의 것
십자가의 능력 십자가의 소망
내 안에 주 만 사시는 것
내 사랑 나의 십자가

예수님께서 십자가를 지시는 극심한 고통과 하나님의 사랑으로 말미암아 지금의 내가 있다. 그래서 나는 십자가의 사랑을 춤으로 표현하기를 계속할 것이다. 가장 힘든 순간에 마음으로 때론 몸으로 춤을 추며 하나님께 가까이 갔던 것처럼 앞으로도 어떠한 고통이 온다고 해도 하나님 앞에서의 춤은 계속될 것이다.

기도와 말씀이 바탕이 되어야 진정한 하늘나라의 춤꾼이다

말씀과 기도 없이 할 수 있는 일은 이 세상에 단 한 가지도 없다. 말씀과 기도가 병행되어도 사람이라서 실수를 하게 되고 오류를 범하는 일이 생긴다. 할 수만 있다면 최대한 오래 경건의 시간을 가져야 한다. 찬양사역과 말씀 사역이 없는 날은 시간 대부분을 하나님과 함께한다. 이런 시간이 많을수록 정금 같이 나아갈 수 있다. 말씀 속에서 나를 비추어 보는 것이 무엇보다 중요하다.

> 하나님의 말씀은 살아있고 활력이 있어. 좌우의 날 선 어떤 검보다도 예리하여 혼과 영과 및 관절과 골수를 찔러 쪼개기까지 하나니. 지으신 것이 하나도 그 앞에 나타나지 않음이 없고 우리의 결산을 받으실 이의 눈앞에 만물이 벌거벗은 것같이 드러나느니라.
>
> 히브리서 4:12-13

최선을 다하여 하나님 앞에서 삶을 산다고 해도 말씀에 비추어 보면 언제나 부족한 것뿐이고 잘못된 부분들이 드러나게 되어 있다. 그래서 나에게 있어서 하나님 앞에서 경건의 시간은 생명같이 귀하다. 귀한 시간인 만큼 가장 소중하게 생각한다.

어느 날, 사역이 너무 많이 들어오는 때가 있었다. 나의 몸을 쉬어 줄 시간도 없었고 경건의 시간도 갖지 못한 상태에서 기계처럼 사역을 나갔다. 사실 몸에 신호가 왔었다. 코피도 났었고 몸살로 온몸이 쑤셨다. 그런데도 약국에서 약을 지어 먹으면서까지 사역의 현장으로 갔다. 나는 이렇게 하는 것이 하나님께서 기뻐하시는 것이라고 믿었다. 그런데 아니었다. 계속 분주한 사역 속에서 잠시 잠을 자고 있는데 하나님께서 말씀으로 내게 말씀하셨다.

> 너희 몸은 너희가 하나님께로부터 받은바 너희 가운데 계신 성령의 전인 줄을 알지 못하느냐. 너희는 너희 자신의 것이 아니라 값으로 산 것이 되었으니 그런즉 너희 몸으로 하나님께 영광을 돌리라.
>
> 고린도전서 6:19-20

너무 놀라서 일어났는데 차 안이었다. 성경을 펴고 깊이 묵상했다. 하나님께서는 나의 몸을 너무도 소중히 생각하는 것을 깨달았다. 내 몸이 성전인데 그동안 몸을 챙기지 못했다. 얼마나 울었는지 모르겠다. 몸을 너무 혹사시킨 것에 대해 회개가 차 안에 임했다. 그 후 나는 사역이 들어와도 몸 상태를 온전히 체크 하는 버릇이 생겼다. 그날 이후 아픈 몸을 이끌고 굳이 내가 안 가도 되는 곳임에도 불구하고 무조건 달려가는 실수는 최대한 줄일 수 있었다.

항상 전심으로 기도하는 동역자들을 만나게 해 달라고 기도했다. 말씀을 믿고 기도하는 기도의 동역자들이 내게 필요했다. 오늘 사역하고 말 것이 아니기 때문이다. 사람을 좋아했고 함께하는 것을 즐거워하는 나였다. 그래서 더 간절히 간구했다. 영에 속한 사람들과 대화하길 원했고 그분들과 함께 기도하기를 원했다. 그런데 하나님께서는 나의 진실한 기도에 응답하셨다. 적어도 지금 이 순간 나와 함께하는 분들은 대부분 자신의 의를 들어내기 좋아하거나 남을 비방하는 사람들이 아니다. 예수님처럼 살고자 발버둥 치는 분들이다. 그래서 너무 감사하다.

나는 너무 잘 알고 있다. 진정한 하늘나라의 춤꾼이 되려면 먼저 말씀과 기도의 바탕이 있어야 한다. 기초가 튼튼해야 건물을 지어도 오랫동안 볼 수 있다. 몸 찬양사역도 같은 원리이다. 기초인 말씀과 기도가 빠진 상태에서 춤만 연습하고 춘다면 그것은 자기 만족이 될 뿐이다.

춤을 춘다는 것은 사람들에게 나를 보이는 것이다. 그런데 정말 자신을 드러내려 하면 하나님께서는 받지 않으신다. 내 속에서 역사하시는 성령 하나님께서 나를 통해 일하시려 하는 것을 보여야 한다. 그래서 쉽지만은 않다. 많은 연구와 공부가 병행되어야 하고 항상 깨어 있어야 한다.

> 근신하여 깨어라. 너희 대적 마귀가 우는 사자같이 두루 다니며 삼킬 자를 찾나니. 너희는 믿음을 굳건하게 하여 그를 대적하라. 이는 세상에 있는 너희 형제들도 동일한 고난을 당하는 줄을 앎이라.
>
> 베드로전서 5:18-19

찬양 사역자와 몸 찬양 사역자는 특별히 각인해야 할 말씀이다. 사람들은 앞에서 찬양하고 몸 찬양을 하는 사람들을 보면서 예배를 드리게 된다. 그래서 사탄은 하나님이 아닌 자신을 드러내게 해서 올무에 걸리게 한다. 나도 여러 번 경험한 터라 이야기할 수 있다. 정말로 하나님만 높이는 하늘나라의 춤꾼이 되고 싶은가? 그렇다면 최선을 다해 예수님처럼 겸손해야 한다.

목숨이 있는 한 춤을 출 것이다

나에게 있어서 춤을 춘다는 것은 살아있다는 증거이다. 여러 번의 죽을 고비를 넘기면서 만났던 하나님은 이미 나의 전부이다. 다시 말해서 하나님은 내가 살아가는 이유이다.

살면서 즐거운 일보다 슬프고 고된 일들이 많을 것으로 생각한다. 그러나 그 시간 인내하며 하나님의 때를 기다려야 한다. 그때 나는 춤을 출 것이다. 기쁨으로 말이다. 그리고 선교지에 나아가서 춤을 통해 살아계신 하나님을 전할 것이다. 춤은 대화가 되지 않는 곳에서도 소통되는 유일한 수단이다. 이런 상황 속에서 '선교 무용'은 중요한 본질이 될 수 있다.

시대가 항상 급변하는 모습을 볼 수 있다. 이런 시대에 좀 더 효과적으로 복음을 전하기 위해서 '선교 무용'은 정말 필요하다. '선교 무용'이 활성화되기 위해서는 무엇보다도 말씀에 비추어서 합당해야 하며 진심으로 한 영혼을 사랑하는 마음으로 하나님께만 영광 돌리는 몸 찬양 사역자가 많이 배출되어야 할 것이다. 또한, 올바른 사명감을 가지고 선교지에서 몸 찬양을 해야 한다고 생각한다.

자기 백성을 구원코자 하시는 하나님의 사랑과 인내하심은 지금 이 순간도 변함없이 계속되고 있다. 이런 하나님의 신실하심은 반드시 전 세계에 복음으로 심어 져야 하고 이에 '선교무용'이 함께 해야 한다고 생각한다. 모든 것이 다른 타국에서 하나 될 수 있는 최고의 수단이 춤이다. 하나님을 높이는 춤은 선교 도구로 지금도 각국에서 사용되고 있다. 이것은 놀라운 하나님의 은혜임이 분명하다.

나는 올바른 춤을 추기를 원하는 사람이다. 여기서 올바르다는 것은 하나님 앞에서 추는 춤을 의미한다. 춤의 목표는 온통 하나님을 향한 경배여야 한다.

필리핀 단기선교 때의 일이다. 필리핀의 언어는 영어와 필리핀어이다. 필리핀어는 타갈로그어와 거의 흡사한데 필리피노어라고도 한다. 그 당시 필리핀 언어를 들었을 때는 너무 생소했다. 선교차 필리핀을 방문했기에 최대한 복음을 전해야 했다. 함께 선교지로 갔던 목사님께서 영어로 설교하셨다.

그곳에 모인 많은 사람은 목사님의 설교를 알아들을 수가 없다는 표정으로 멍하게 앉아있었다. 설교가 끝나고 몸 찬양시간이 돌아왔다(너무 오래된 일이라서 그날 어떤 곡으로 몸 찬양을 올려드렸는지는 모르겠다). 한 곡이 끝나고 다음 곡을 하나님께 올려드리는 춤을 추는데 그곳에 있는 많은 사람이 자리에서 일어나서 하나님을 외치며 함께 춤을 추었다. 이렇게 춤은 선교지에서 꼭 필요한 요소이다. 그날 이후 2주간 선교의 일정이 끝날 때까지 설교 말씀 전·후로 춤을 추었고 함께 하나님을 높여 드렸다.

어느 곳에서든 하나님만 높이는 춤을 추는 곳에는 성령의 강하신 기름 부으심이 임했다. 그러나 하나님의 영이 강할수록 사탄의 공격도 대단했다. 이것을 분별하기 위해서는 하나님께 구해야 했고 사탄의 세력은 예수님의 이름으로 물리쳤다.

> 그런즉 너희는 하나님께 복종할지어다. 마귀를 대적하라. 그리하면 너희를 피하리라. 하나님을 가까이하라. 그리하면 너희를 가까이하시리라. 죄인들아 손을 깨끗이 하라 두 마음을 품은 자들아 마음을 성결하게 하라.
>
> 야고보서 5:6-7

날마다 성결하게 살려고 몸부림을 쳐야 했다. 그럴수록 사탄은 참소했고 그때마다 예수님의 이름으로 대적했다. 이렇게 날마다 살아계신 하나님 앞에 전심을 다 해 춤을 추었고 중독과의 싸움에서도 승리할 수 있었다. 하루아침에 된 것은 아무것도 없었다. 날마다 구하고 찾고 두드린 결과로 지금의 내가 있다.

이러한 원리를 잘 알고 있는 나이다. 그래서 하나님과의 교재의 시간이 참으로 행복하다. 적어도 심한 고통과 죽음에서 건짐 받은 사람이라면 지금 나의 마음과 동일한 기쁨이 있을 것이다. 이렇게 살아 숨 쉬는 시간은 언제나 하나님께 올려드릴 춤을 만들 것이며 출 것이다.

> 또한, 너희 지체를 불의의 무기로 죄에게 주지 말고 너희 자신을 죽은 자 가운데서 다시 살아난 자같이 하나님께 드리며 너희 지체를 의의 무기로 하나님께 드리라.
>
> 로마서 6:13

그렇다. 우리의 몸을 더 이상 죄에 종노릇하게 할 수는 없다. 죽은 자 가운데 살아나신 예수님처럼 하나님께 온전히 드려야 할 것이다. 오늘도 목숨이 있는 한 그렇게 하려고 다짐해 본다.

날마다 몸으로 하나님만 찬양하다

날마다 몸으로 하나님을 찬양하는 이유가 있다. 하나님 말씀인 성경과 기도로 치유되었지만, 그 가운데 모든 아픔과 기쁨의 순간에 하나님을 높이는 춤을 만들었다. 춤은 치유하는 힘이 강하다.

구약에서는 치유라는 의미가 '라파'인데 이것은 단순히 인간의 질병뿐만 아니라 깨어진 모든 것에서의 회복을 뜻한다. 신약에서 치유는 '데라퓨오'로 '병든 자를 치유하거나 돌보아 주는 것'을 말하며 '이야마이'는 육체적 치유 또는 상징적으로 영적 치유로 사용된다. 그리고 '소조'는 모든 것에서부터의 구원을 뜻한다. 우리에게는 반드시 치유가 필요하다. 영적으로든 육체적으로든 상한 마음으로든 하나님 앞에서 치유되어야 살 수 있다.

예수께서 대답하여 이르시되. 건강한 자에게는 의사가 쓸 데없고 병든 자에게 라야 쓸 데 있나니. 내가 의인을 부르러

온 것이 아니요. 죄인을 불러 회개시키러 왔노라.

누가복음 5:31-32

죄가 있는 곳에는 회개와 함께 치유가 필요하다. 우리가 회개하는 경로는 말씀이다. 그러나 찬양을 통해서 찬양 속에 묻어 있는 가사의 고백으로 춤을 출 때 회개와 치유는 임하게 된다. 나는 춤을 추면서 뜨거운 눈물로 회개했고 치유를 경험했다. 그래서 온몸을 다해 하나님을 경배한다는 것이 무엇인지를 알고 있다. 최대한 하나님과 일치되는 시점에서는 춤과 함께 뜨거운 눈물이 흐르게 되었다. 지금도 이러한 경험을 하고 있다.

하나님께서는 인간을 전인 치유하시기를 원하신다. 하나님의 아들 예수님께서는 누구보다도 인간들이 당하는 여러 가지 삶의 고통을 너무도 잘 알고 계셨다. 자신이 이 땅에 성육신해 오셔서 우리와 같이 똑같은 고통을 당하셨기 때문이다. 다만 우리와 달랐던 것은 예수님은 죄가 없으신 분이셨다. 그래서 예수님께서는 죄와 질병 죽음 무거운 짐 진 사람들의 마음을 알고 계셨다.

수고하고 무거운 짐 진 자들아 다 내게로 오라. 내가 너희를 쉬게 하리라.

마태복음 11:28

예수님만이 하실 수 있는 말씀이다. 그래서였을 것이다. 예수님께서 이 땅에서의 주된 사역들은 하나님 나라를 선포하는 것과 가르침 그리고 치유 사역이었다. 그 당시 예수님께 고침 받은 사람들은 최대한 기쁨을 몸으로 표현했을 것이다. 어떠한 형태든 자신의 몸의 움직임으로 경배했다.

상처받은 마음은 한 번에 치유되는 것은 아니다. 물론 하나님께서 단번에 치유하셨던 부분도 많기에 이를 부인하는 것은 아니다. 하지만 상처 대부분은 시간과 많은 훈련이 필요하다. 상처는 미성숙에서 시작되며 성장이 필요하기 때문이다.

> 내가 어렸을 때에는 말하는 것이 어린아이와 같고 깨닫는 것이 어린아이와 같고 생각하는 것이 어린아이와 같다가 장성한 사람이 되어서는 어린아이의 일을 버렸노라.
>
> 고린도전서 13:11

성장해야만 어린아이와 같은 삶을 청산하고 장성한 사람이 될 수 있다. 먼저 죄에서 자유하기 위해서 말로만의 회개가 아닌 온몸으로 뉘우치는 회개가 필요하다. 회개해야 진정한 구원을 맛볼 수 있다. 때가 되면 하나님께서는 반드시 모든 영역에서 치유하실 것을 기대하면서 말이다.

어느 순간 자신도 모르는 사이에 영적 훈련으로 성장 된 자신의 모습을 보게 될 것이며 치유된 자신이 하나님을 찬양하는 것을 경험하게 될 것이다. 일반대학원에서 공부할 때 교수님께서 하신 말씀을 기억한다. '움직임의 모든 것이 무용이다' 나도 깊이 공감한다. 어떠한 동작을 하느냐에 따라서 영혼을 살리는 몸 찬양이 될 수도 있고 영혼을 죽이는 몸 찬양이 될 수도 있다. 그러기에 몸 찬양 사역자는 경건한 생활과 최선을 다한 공부가 필요한 것이다.

오래전 생로병사의 비밀이라는 프로그램에서 '내 몸을 춤추게 하라'라는 내용으로 '댄스 테라피'의 효과에 대해서 말했다. 노인들이 잘 걸리는 여러 가지 질병을 이야기하면서 춤 치유를 말했다. 그렇다. 하나님을 모르는 사람들도 춤을 통한 치유에 대해 관심이 많다. 그리고 실제로 치유된 사례를 언급하며 '댄스 테라피'의 중요성을 확인한 적이 있다. 복음을 모르는 일반사람들도 춤으로 치유가 되었다. 하나님을 모시고 살아가는 영적인 우리들에게는 더 많이 필요한 부분이다. 날마다 온몸으로 하나님을 찬양하다 보면 더 많이 하나님을 만날 수 있는 시간이 있을 것이라고 확신한다.

Part 7

배에스더의 소망

야곱아 너를 창조하신 여호와께서 지금 말씀하시느니라. 이스라엘아 너를 지으신 이가 말씀하시느니라. 너는 두려워하지 말라. 내가 너를 구속하였고 내가 너를 지명하여 불렀나니. 너는 내 것이라. 네가 물 가운데로 지날 때에 내가 너와 함께 할 것이라. 강을 건널 때에 물이 너를 침몰하지 못할 것이며 네가 불 가운데로 지날 때에 타지도 아니할 것이요. 불꽃이 너를 사르지도 못하리니. 대저 나는 여호와 네 하나님이요. 이스라엘의 거룩한 이요. 네 구원자이심이라. 내가 애굽을 너의 속량 물로, 구스와 스바를 너를 대신하여 주었노라.

이사야 43:1-3

책을 쓰면서 이런 소망을 품다

이 책을 쓰면서 최대한 하나님 앞에서 정직했다. 산고의 고통으로 쓴 작품이 최대한 많은 사모와 중독으로 인해 고통받는 사람들에게 소망이 되길 간절히 기도한다.

28년째 사모로 살고 있는 이 시점에 책을 쓰게 하시는 하나님의 은혜야말로 형용할 수가 없다. 또한, 많이 망설이고 부인하고 도망 다니다가 목사로 부르심을 받아들였다. 지금 글 쓰는 이 시간은 사모이지만 목사로의 부르심을 온전히 받아들인 나는 목사로 기름 부음 받기 위해 준비 중이다.

> 여러 계시를 받은 것이 지극히 크므로 너무 자만하지 않게 하시려고 내 육체의 가시 곧 사탄의 사자를 주셨으니 이는 나를 쳐서 너무 자만하지 않게 하려 하심이라. 이것이 나에게 떠나가게 하기 위하여 내가 세 번 주께 간구하였더니 나

에게 이르시기를 내 은혜가 네게 족하도다. 이는 내 능력이 약한 데서 온전하여 짐이라 하신 지라. 그러므로 크게 기뻐함으로 나의 여러 약한 것들에 대하여 자랑하리니. 이는 그리스도의 능력이 내게 머물게 하려 함이라. 그러므로 내가 그리스도를 위하여 약한 것들과 능욕과 궁핍과 박해와 곤고를 기뻐하노니. 이는 내가 약한 그때에 강함이라.

고린도후서 12:7-10

앞에서 나는 재능이 많다고 말했다. 많은 재능을 가지고 있다고 해서 하나님께서 사용하시는 것은 아니다. 이를 다듬어 하나님께서 사용하시기 위해서 수많은 아픔과 고통 속에서 깎여져 갔다. 사도 바울이 위와 같이 말한 부분이 나에게는 사무치게 들려온다. 사도 바울은 어떤 사람이었는가? 열렬한 유대교도로서 철저히 기독교를 박해했던 인물이었다. 다메섹에서 예수님의 음성을 듣고 믿음을 가졌고 전 생애를 전도에 힘쓰며 살았다. 예수님을 알기 전의 삶은 그야말로 상당한 엘리트 집안에서 가말리엘의 제자로 로마시민권을 소유한 사람이었다.

이런 사람이 예수님을 만나서 사도가 된 것은 오직 하나님의 은혜라고 고백하며 온갖 수모와 고통 속에서도 복음을 전했다. 바울은 하나님의 은혜가 없이는 단 하루도 살 수 없는 사람이었다. 육체의 질병도 가지고 있었다. 이것이 떠나가게 해 달라고 하나님께 열심히 간구하였으나 '내 은혜가 네게 족하도다'라고 말씀하시면서 오히려 약함을 자랑하라고 말씀하신다. 약할 때 더욱더 하나님을 의지할 수 있기 때문이었다. 그래서 사도 바울은 그리스도를 위하여 약한 것들과 능욕과 궁핍과 박해와 곤고를 기뻐한다고 말하고 있다. 정말 대단한 사도임이 분명하다.

나는 사도 바울에 비하면 정말 아무것도 아닌 가시가 여럿 있다. 이로 인해 더 하나님 앞으로 나아가게 되니 나 또한 사도 바울의 고백처럼 기뻐하며 살 수 있다. 그래서 하루하루의 삶이 새롭고 감사하다. 사모로 가슴앓이하던 때와 중독으로 한없이 나락으로 떨어지는 상황에서도 내가 견딜 수 있었던 것은 말씀이었다. 하나님 말씀인 성경은 일점일획의 오류가 없다. 하나님께서 하실 일은 믿기만 하면 된다.

> 나의 고난을 보시고 나를 건지소서. 내가 주의 율법을 잊지 아니함이니이다. 주께서 나를 변호하시고 나를 구원하사 주의 말씀대로 나를 살리소서. 구원이 악인들에게서 멀어짐은 그들이 주의 율례들을 구하지 아니함이니이다. 여호와여 주의 긍휼이 많으오니 주의 규례들에 따라 나를 살리소서. 나를 핍박하는 자들과 나의 대적들이 많으나 나는 주의 증거들에서 떠나지 아니하였나이다. 주의 말씀을 지키지 아니하는 거짓된 자들을 내가 보고 슬퍼하였나이다. 내가 주의 법

도를 사랑함을 보옵소서. 여호와여 주의 인자하심을 따라 나를 살리소서. 주의 말씀의 강령은 진리이오니, 주의 의로운 모든 규례들은 영원하리이다.

시편 119:154-160

하나님께서는 나에게 일어난 모든 사건을 보고 계셨다. 나는 주의 말씀대로 나를 건지실 것을 의심 없이 믿었다. 그리고 믿음대로 하나님께서는 건지셨고 나 같은 사람을 사용하고 계신다.

같은 고통과 상황에 처해 본 사람만이 동일한 아픔으로 고통당하는 사람들에게 진정한 소망이 될 수 있다. 적어도 나는 밑바닥까지 아파 보았던 사람이다. 그래서 한국교회의 사모들과 여러 중독으로 힘겨워하는 사람들과 함께 울어 줄 수 있다. 생각 외로 중독은 교회 안에 많다. 모두 숨기기에 바쁘고 주일만 대충 예배드리는 것이 전부다. 하나님께서는 이렇게 홀로 아파하는 사람들을 만지시고 치유해 주시길 원한다. 그러나 마음의 문을 열지 않는데 어떻게 들어오실 수가 있는가?

사모가 살아야 한국교회의 내일이 있다. 수많은 중독자도 하나님은 부르고 계신다. 마음이 상해서 오늘도 배회하고 울고 있는가? 하나님의 노크 소리를 듣기를 간절히 소망한다.

견고한 믿음의 여인이 되는 소망

어떠한 환경과 어려움 앞에서도 하나님만 바라보므로 흔들림이 없는 삶을 살길 소망한다. 하나님께서는 질서를 중요하게 생각하는 분이시다.

> 그러나 나는 너희가 알기를 원하노니. 남자의 머리는 그리스도요. 여자의 머리는 남자요. 그리스도의 머리는 하나님이시다.
>
> 고린도전서 11:3

여기서 머리는 복종의 대상을 말한다. 남자가 복종할 대상은 그리스도시고 여자가 복종할 대상은 남자이다. 이것은 하나님의 '창조사역'을 보면서도 알 수 있는 부분이다.

남자가 여자에게서 난 것은 아니요, 남자에게서 났으며 또 남자가 여자를 위하여 지음을 받지 아니하고 여자가 남자를 위하여 지음을 받은 것이니.

고린도전서 1:8-9

하와는 아담에게서 만들어졌음을 분명히 말씀하고 있다. 여기서 남자가 여자에게 복종해야 하는 것은 모든 점에서 여자가 남자보다 못해서가 아니다. 이것이 하나님께서 정해 놓으신 질서이기 때문이다. 이 이야기를 길게 한 이유가 있다. 내 남편은 목사이다. 그리고 우리 집의 가장이다. 내가 하나님의 때에 목사가 된다고 해도 이 진리는 변함이 없다. 이러한 하나님의 질서 위에 견고한 믿음은 더욱더 빛이 날 것이라고 믿기 때문이다.

누가 현숙한 여인을 찾아 얻겠느냐? 그의 값은 진주보다 더 하리라. 그런 자의 남편의 마음은 그를 믿나니, 산업이 핍절하지 아니하겠으며 그런 자는 살아있는 동안에 남편에게 선을 행하고 악을 행하지 아니하느니라.

잠언 31:10-12

나는 이 말씀이 온전히 실천되는 삶을 살길 원한다. 본 교회에서 수요일마다 말씀을 전하고 있다. 때로는 주일 오후 예배도 말씀을 들고 설 때가 있다. 이 부분도 남편 목사님께서 시키셨고 순종함으로 말씀을 전하고 있다. 나름 유튜브와 페이스북에서도 말씀과 함께 몸 찬양 동영상을 올린다. 이유는 하나이다. 최대한 많은 사람이 복음을 듣고 돌아오길 소망하는 마음에서이다.

흔들리지 않는 믿음을 소유하기 위해서 최선을 다해 하나님과 만나는 시간을 갖고 있다. 사실 그렇게 하지 않으면 소망이 없다는 것을 알기 때문이다. 나의 전체의 삶은 하나님의 인도하심이다. 하나님께서 가게 하시면 가고 서게 하시면 선다. 이 법칙에서 벗어나지 않기 위해서 최선을 다해 날마다 하나님께 구하고 있다. 이런 나에게 하나님은 가장 적당한 시기에 언제나 최상의 것으로 예비하셨다. 앞으로도 하나님께 몸을 맡겨 드리고 나는 평온한 가운데 하늘나라의 춤꾼으로 춤을 추며 살 것이다.

> 너희가 모든 은사에 부족함이 없이 우리 주 예수그리스도의 나타나심을 기다림이라. 주께서 너희를 우리 주 그리스도의 날에 책망할 것이 없는 자로 끝까지 견고하게 하시리라. 너희를 불러 그의 아들 예수그리스도 우리 주와 더불어 교제하게 하시는 하나님은 미쁘시도다.
>
> 고린도전서 1:7-9

날마다 주님 재림을 기다리는 소망을 품고 그리스도의 날에 책망할 것이 없는 자로 끝까지 사명 감당하길 소망한다. 더욱더 믿음 안에 견고하여 흔들림이 없는 자의 모습으로 하나님께 나아가기를 힘쓸 것이다. 사람을 두려워하고 신경 쓰는 삶이 아니라 하나님만 의지하는 삶을 살 것을 굳게 다짐해 본다.

> 사람을 두려워하면 올무에 걸리게 되거니와 여호와를 의지하는 자는 안전하리라.
>
> 잠언 29:25

이제는 더이상 사람 때문에 넘어지는 일은 없을 것이다. 아무리 수군거리고 비방하는 사람들이 있다고 해도 변명도 할 이유가 없다. 내가 흔들리지 않고 말씀 가운데 견고한데 흔들릴 이유가 없다. 다만 하나님 앞에서 겸손하게 무릎으로 나아가는 것이 최상이다. 오늘도 믿음으로 견고케 하시는 하나님을 찬양한다.

하나님께서 에스더를 지키심을 믿는 소망

> 이러므로 우리에게 구름같이 허다한 증인들이 있으니 모든 무거운 것과 얽매이기 쉬운 죄를 벗어 버리고 인내로써 우리 앞에 당한 경주를 하며 믿음의 주요 또 온전하게 하시는 이인 예수를 바라보자. 그는 그 앞에 있는 기쁨을 위하여 십자가를 참으사 부끄러움을 개의치 아니하시더니 하나님 보좌 우편에 앉으셨느니라.
>
> 히브리서 12:1-3

사탄은 날마다 나를 찾아온다. 그리고는 참소하기를 쉬지 않는다.

"너 같은 것이 사모라고? 너 같은 것이 몸 찬양 사역자라고? 너 같은 것이!"

계속 너 같은 것이라고 하며 옛적 일들을 기억나게 한다. 사실 사탄은 자신이 할 일에 충실한 것뿐이다. 그렇게라도 해서 복음이 전해지는 것을 막아야 하기 때문이다.

그렇다. 나는 사모이고 세 가지 중독으로 밑바닥을 쳤던 사람이며 극심한 교통사고를 당해서 아직도 후유증으로 아픈 몸이다. 자살시도도 했으며 얼마 전에 암일지도 모른다던 난소 혹 수술도 했다.

허나 앞으로 목사가 될 준비 중이기도 하다. 나 같은 사람도 아직 살아있고 새 사명 받아 날마다 기쁨으로 삶을 살아가고 있다. 하나님을 만나지 못했으면 살아낼 수 없었던 삶이다. 그러니 이 책을 읽는 많은 사람은 모두 살아서 하나님께서 본인에게 하실 일들을 보길 간절히 기도한다.

슬프다고 아프다고 상처받았다고 원망하고 불평할수록 사탄은 더 깊게 자리 잡을 것이다. 일어나길 간절히 소망한다. 이 책을 읽는 즉시 일어나서 하나님의 노크하심을 받아들이기를 바란다. 하나님께서는 한 영혼을 천하보다 귀히 여기시기에 우리는 마음의 문만 열어드리면 된다.

사탄과 다른 사람들이 아무리 뭐라고 떠들어 댄다 해도 하나님께서 나를 향한 사랑은 단 한 번도 변한 적이 없으셨다. 우리 모두 주변의 무엇과도 타협하지 말고 오직 하나님과 타협하길 바란다. 하나님 안에서 온전히 소망이 있기 때문이다.

내 영혼아 네가 어찌하여 낙심하며 어찌하여 내 안에서 불안해하는가? 너는 하나님께 소망을 두라. 그가 나타나 도우심으로 말미암아 내가 여전히 찬송하리로다.

시편 42:5

이제 나와 함께 불안해하지 않기로 다짐하자. 하나님께 소망을 둔 사람은 불안하거나 두려워할 이유가 없다. 다만 그가 하실 일들을 바라보며 찬송하는 것이 맞다. 불안한 감정이 밀려올수록 더욱더 말씀과 기도하는 시간을 갖기를 바란다. 우리의 싸움은 혈과 육의 싸움이 아니기 때문이다.

끝으로 너희가 주 안에서와 그 힘의 능력으로 강건하여지고 마귀의 간계를 능히 대적하기 위하여 하나님의 전신 갑주를 입으라 우리의 씨름은 혈과 육을 상대하는 것이 아니요. 통치자들과 권세들과 이 어둠의 세상 주관자들과 하늘에 있는 악의 영들을 상대함이라 그러므로 하나님의 전신 갑주를 취하라 이는 악한 날에 너희가 능히 대적하고 모든 일을 행한 후에 서기 위함이라.

에베소서 6:10-13

마귀는 예수님의 이름으로 대적하면 된다. 여기서 중요한 것은 전신 갑주를 입어야 하는 부분이다. 즉 진리의 허리띠, 의의 호신경, 복음으로 준비한 신발, 믿음의 방패, 구원의 투구, 성령의 검 곧 하나님의 말씀으로 무장해야 한다. 그리고 한 가지 더 있다. 현재 자신의 가장 약한 부분이 무엇인지를 점검하는 것이다. 그리고 이를 위해 사도 바울처럼 항상 성령 안에서 기도하고 이를 위해서 깨어 구하기를 힘써야 한다. 한번 만에 무언가를 얻을 여는 생각을 접고 하나님 앞에 가장 벌거벗은 나로 인격적인 하나님을 만나기 시작하라. 이것은 자신을 모조리 내려놓는 작업이다.

위와 같은 방법으로 하나님의 때를 구하며 나아가다 보면 하나님의 임재를 느끼는 순간이 올 것이다. 이렇게 믿음은 많은 시간 속에서 빚어져 가는 것이다. 나 또한 오늘이란 시간 속에서 다듬어져야 할 부분을 내려놓고 하나님 앞으로 나아간다. 하나님께서는 때에 맞는 지혜를 주신다. 지혜를 간구하는 자녀에게는 후히 주시고 꾸짖지 아니하시는 하나님이심을 굳게 믿으라. 그러면 반드시 받아서 누리게 될 것이다.

나는 확신한다. 하나님께서 나를 지키심을 의심치 않기에 오늘을 살아낸다. 이 책을 읽는 많은 사람이 나와 동일한 하나님을 체험하고 그와 동행하는 삶이 되길 간절히 기도한다.

에 필 로 그

하나님께서 우리를 춤추게 하신다!

극심한 아픔을 경험했던 나는 한 영혼이 천하보다 귀하다는 사실을 충분히 알고 느낄 수 있다. 같은 아픔을 겪고 있는 사모님들과 중독자들에게 이 책이 샘물같이 쏟아지는 생수가 되길 기도한다. 삶의 종착역인 듯한 곳에서 하나님은 일하셨고 지금도 일하시고 계신다.

> 상한 갈대를 꺾지 아니하며 꺼져가는 등불을 끄지 아니하고 진실로 정의를 시행할 것이며.
>
> 이사야 42:3

몸으로 하나님께 영광 돌리는 일은 이미 내게 일상이 되었다. 영감의 찬양을 들으면 하나님께 올려드릴 몸 찬양을 구상하기에 가장 적합하다. 하나님의 기름 부으심이 강할 땐 밤낮을 가리지 않고 몸동작들이 생각난다. 자다가도 동작이 생각나면 기록해 놓는다.

대부분 새벽에 하나님과 깊은 만남의 시간을 가진 후 동작들은 상상의 나래를 펼쳐 영감으로 다가온다. 그 시간은 최고의 희락을 경험하게 한다.

하나님께서는 계속 여러 가지 방법으로 노크해 오신다. 사모가 살아야 교회가 살고 사모가 살아야 가정이 산다. 목사의 아내로, 몸 찬양 사역자로, 말씀 사역자와 상한 감정의 치유 사역자로 살아가는 오늘이 가장 행복하다. 치유된 나는 사모만이 알 수 있는 아픔과 고통을 하나님 앞에서는 아름다움의 최고점이라고 말한다. 그리고 현 사회에 중독으로 아파하는 많은 사람을 가슴으로 품으며 기도하고 있다. 식이장애, 급성 알코올중독, 약물중독을 깊이 앓아 온 나이기에 중독으로 아파하는 모든 사람을 진심으로 사랑한다.

중독의 문제는 사회만의 문제가 아니다. 이미 교회 안에서도 여러 형태의 중독으로 고통당하는 영혼들이 많이 있다. 전심으로 내게 노크해 오셨던 하나님께서 여러 가지 상한 마음으로 울고 있는 사람들에게 동일한 손길로 노크하시리라 믿는다. 중독은 부끄러운 것이 아니다. 숨기는 것이 고통이고 부끄러움이다. 하나님께서 만지시고 싶어 하신다. 그리고 반드시 고치신다. 그러므로 이 책을 읽는 모든 사람은 살아있어야 한다. 반드시 살아내어 하나님께서 하실 일들을 보길 바란다.

> 너희 중에 지혜가 부족 하거든 모든 사람에게 후히 주시고 꾸짖지 않으시는 하나님께 구하라. 그리하면 주시리라. 오직 믿음으로 구하고 조금도 의심하지 말라. 의심하는 자는 마치 바람에 밀려 요동하는 바다 물결 같으니 이런 사람은 주께 얻기를 생각하지 말라. 두 마음을 품어 모든 일에 정함이 없는 자로다.
>
> 야고보서 1:5-8

책 쓰기를 처음 시작할 때 하나님께서 주신 말씀이다. 살아계신 하나님께서는 오늘도 우리에게 말씀하신다. 지혜도 주시고 믿음으로 구하는 모든 것을 채우시리라 확신한다.

하나님께서 하시는 일은 언제나 놀랍다. 책을 쓰기로 마음먹고 기도 중일 때 우리나라의 최고의 코칭 전문 박사님을 만났다. '박성배' 박사님을 만난 것은 축복이었다. 그리고 이주 반 만에 초고가 나왔다. 하나님의 놀라운 은혜다. 모든 영역에서 내가 할 수 있는 것은 아무것도 없었다. 순종했을 뿐인데 하나님께서는 일하셨다.

글 쓰는 것이 좋았다. 15년 전부터 글쓰기를 해 왔는데 그 결실을 맺은 것이다. 글쓰기 할 때 많은 동역자가 필요하다. 나를 위해 기도하는 사람들이 있다. 그리고 사랑하는 남편, 가족들의 적극적인 지원과 함께 하나님께서 사용하시는 좋은 코칭 작가를 만나는 것이다. 나는 지금 이 세 가지의 축복을 충분히 받고 있다.

하나님과 동행하며 쓴 이 책이 죽어가는 많은 사람을 살리며 하나님의 자녀를 구원하는 데 이바지하길 기도한다. 이 책은 밑바닥을 치고 있는 모든 사람에게 소망이 될 것을 믿어 의심치 않는다.

마지막으로 지금 이 순간도 나를 위해 기도하고 계신 엄마와 상한 감정의 치유기도회 팀장님들, 페이스북에 계신 많은 기도의 동역자들과 김수옥 목사님, 김수봉 목사님, 홍기섭 목사님, 사랑하는 남편 현상국 목사님께 감사드린다.

이 모든 영광을 오직 살아계신 하나님께만 올려드린다. 할렐루야.

2022년 5월

배에스더

하나님의

노크

펴낸날 2022년 6월 22일

지은이 배에스더
펴낸이 주계수 | **편집책임** 이슬기 | **꾸민이** 김소은

펴낸곳 밥북 | **출판등록** 제 2014-000085 호
주소 서울시 마포구 양화로 59 화승리버스텔 303호
전화 02-6925-0370 | **팩스** 02-6925-0380
홈페이지 www.bobbook.co.kr | **이메일** bobbook@hanmail.net

ISBN 979-11-5858-878-6 (03810)